Mein Feind

AF286831

buchjournal bibliothek

Über das Buch

Ein alter Mann, den seine Autoleidenschaft fast in den Tod treibt. Ein Junge, der im Kampf gegen einen Nebenbuhler über sich hinauswächst. Ein Kleingärtner, der bei der Schädlingsbekämpfung die Kontrolle verliert ... Die Protagonisten in den Beiträgen dieser Anthologie werden allesamt von einem starken Gefühl angetrieben: Feindschaft – Motto des gemeinsamen Schreibwettbewerbs von Buchjournal und Books on Demand.

Ein Feind beflügelt die Phantasie – im echten Leben wie in der Literatur. Dies zeigte die überwältigende Resonanz auf den Wettbewerb: Über 1300 Leserinnen und Leser nahmen teil. Zwanzig Geschichten wurden von einer prominent besetzten Jury ausgewählt und fanden Aufnahme in diese Anthologie. Sie zeugen in beeindruckender Vielfalt von der Kunst der Feindschaft.

»Mein Feind« – ein literarischer Reigen aus Zwietracht, Hass und Hader, den falsche Freunde, Bösewichter, Widersacher und Konkurrenten bevölkern. Wir laden Sie ein: Gehen Sie auf Entdeckungsreise in Feindesland, und Ihnen werden neue, viel versprechende Autoren begegnen.

Über die Autoren

Marion Boginski, Jürgen-Thomas Ernst, Ania Faas, Thomas Friedt, Kathrin Hamel, Norbert Herrmann, Bernhard Horwatitsch, Dirk Köster, Elvis Koslowski, Edith Kramer, Anette Lang, Anke Laufer, Wiete Lenk, Kerstin Leppert, Harry Liedtke, Günter Nuth, Daniel Schmidt, Gabriele Scholtz, Torsten Schunk und Jörg Ultsch sind die Preisträger des Kurzgeschichtenwettbewerbs des Buchjournals in Kooperation mit BoD.

Mein Feind

Geschichten von einer besonderen Beziehung

Herausgegeben von der
MVB Marketing- und Verlagsservice des Buchhandels GmbH
in Kooperation mit der Books on Demand GmbH

Bibliografische Information der Deutschen Nationalbibliothek
Die Deutsche Nationalbibliothek verzeichnet diese Publikation in der
Deutschen Nationalbibliografie; detaillierte bibliografische Daten sind im
Internet über http://dnb.d-nb.de abrufbar.

Herausgeber:
MVB Marketing- und Verlagsservice des Buchhandels GmbH
Großer Hirschgraben 17–21
D-60311 Frankfurt am Main
Tel.: 069 / 13 06-0
www.mvb-online.de
www.buchjournal.de

Herstellung und Verlag:
Books on Demand GmbH
Gutenbergring 53
D-22848 Norderstedt
Tel.: 040 / 53 43 35-0
www.bod.de

Inhaltsverzeichnis

»Kluge Leute lernen auch von ihren Feinden.«

Aristoteles

Vorwort

Glück. Heimat. Feinde. Was im ersten Moment wie eine Variante zu »HundKatzeMaus« klingt, der Standardspruch im berühmten TV-Ratespiel für Kinder, sind die Themen unserer bisher drei Schreibwettbewerbe. Die Resonanz stieg kontinuierlich an, und mit den »Feinden« haben die Leserinnen und Leser den Vogel abgeschossen. 1300 Geschichten wurden eingesandt, ein Drittel mehr als im Vorjahr. Offensichtlich macht es vielen Menschen Spaß zu schreiben. Oder sie müssen es einfach tun. Glück. Heimat. Feinde. Was kommt als Nächstes?

Diese Frage beantworten wir heute nicht. Heute lassen wir die Feindschaft wuchern. Aber Feind und Freund sind nicht nur vom Wort her sehr ähnlich. Wie schmal ist der Grat, wie breit der Graben? Falsche Freunde, feine Feinde, geliebte, innere, heimliche und unheimliche, Herausforderer, Konkurrenten, Widersacher. Die 20 besten Geschichten aus dem Wettbewerb sind in diesem Band versammelt.

In »Das Auto zuerst« von Marion Boginski beschreibt eine Tochter die alles dominierende Autoleidenschaft ihres Vaters. Als dieser erfährt, dass er altersbedingt nicht mehr Auto fahren darf, kündigt er an, er sterbe, und verzieht sich in die Garage. Marion Boginski zeichnet gekonnt ein doppeltes Feindschaftsmotiv: hier das Auto des Vaters als übermächtiger Feind der Erzählerin, dort das Alter, das dem Vater zum Feind wird.

Nicht nur deshalb zeichnete die Jury die Geschichte mit dem ersten Preis aus. Den zweiten Platz belegte Ania Faas mit »Belfast«: Hier wächst ein junger Mann im Kampf gegen einen Feind über sich hinaus. Auf den dritten Platz wählte die Jury »Herr der Schnecken« von Daniel Schmidt, eine pointierte Miniatur des deutschen Kleingärtnermilieus.

»Lebt man nur lange genug, so erlebt man alles und auch das Gegenteil«, hat der Schriftsteller Ernst Jünger gesagt. Er musste es wissen. Schließlich ist er 102 Jahre alt geworden. Ob wir so alt werden wie Jünger, steht in den Sternen. Aber wer liest, erlebt auf jeden Fall mehr.

Irene Nießen   Dr. Moritz Hagenmüller
Buchjournal   Books on Demand

Marion Boginski

Das Auto zuerst

Das Haus bewegte sich unter meinen Füßen, ein flüchtiges Gefühl des Haltverlierens auf dem Dielenboden, als die Tür zuknallte, sich der Schlüssel im Schloss drehte, die Jalousie auf die Fensterbank krachte.

Was hat der Vater, fragte meine Mutter, ist er krank?

Wenn er so weitermacht, schafft er die Hundert, sagte ich. Aber der Arzt hat auch gesagt, er sollte in seinem Alter kein Auto mehr fahren. Und so habe ich auf der Rückfahrt gesagt, am besten gleich ab heute. Und jetzt will er sterben.

Warum sterben, sagte meine Mutter, er ist doch gesund.

Er will trotzdem sterben, sagte ich, ohne Auto kann ich ja gleich sterben, hat er gesagt.

So leicht stirbt es sich nicht, sagte meine Mutter, der beruhigt sich wieder.

Wir aßen ohne ihn Mittag, auf die Rufe, dass das Essen fertig sei, kam aus dem Gästezimmer, in dem er verschwunden war, keine Reaktion.

Vom Küchentisch sahen wir auf die Garage im Hof, wo sein Auto stand, wo alle seine Autos gestanden hatten, mit Regalen bis unter die Decke, für Ersatzteile, falls etwas versagte am Auto. Wobei in den letzten fünfzehn Jahren beim Versagen keine Alleinreparaturen mehr möglich und auch nicht nötig gewesen waren. Aber vorher waren sie nötig gewesen, die Zylinderkopfdichtungen und Bremsbackensätze und Keilriemen und Zündspulen. All das, was zum Trabantfahren benötigt wurde, stapelte sich rechts und links und über dem Auto, eingetauscht gegen geschlachtete Kaninchen und frische Eier und Erdbeeren und Kirschen und einmal sogar ein Schwein. Das wohnte fast ein Jahr neben der Garage, im Schuppen neben den Kaninchen. In den Läden war zu dieser Zeit das Fleisch knapp, und mein Vater fand, wenn er knappes Fleisch hätte, könnte er das gut gegen knappe Ersatzteile für seinen Trabant tauschen. Das Fleisch kam als Ferkel zu uns, was sich in der Verwandtschaft herumsprach, die in der Stadt lebte. Als an einem Samstag im November ein Schlachter aus einem Dorf weit weg eintraf, traf auch die Verwandtschaft aus der Stadt ein. Sie müssen es gerochen haben, sagte mein Vater später, dass gerade an diesem Samstag das Schwein fällig war. Ich sagte nichts dazu, weil ich es gewesen war, die im Juni, als sie da gewesen waren wegen der reifen Kirschen, gesagt hatte, kommt ihr am ersten Samstag im November auch, da ist das Schwein reif.

Am nächsten Tag fuhr die Verwandtschaft mit einer Hälfte des Schweins zurück in die Stadt, ein Viertel fuhr als Lohn mit dem Schlachter ins Dorf weit weg, und der Rest reichte für eine Lichtmaschine, ein Lenkgetriebe und einen Auspuffkrümmer. Danach gab es kein Schwein mehr im Schuppen neben der Garage, weil es mit dem Ersatzteiltausch nicht so geklappt hatte, wie es hätte klappen sollen.

Eingetauscht waren auch die Fliesen, die unter dem Auto auf dem Garagenfußboden lagen. Im Haus gab es keine Fliesen, dabei wollte meine Mutter die Fliesen, die in der Garage unter dem Auto lagen, im Bad liegen haben, denn der Linoleumboden hatte eine Delle mitten auf der Laufstrecke von der Tür zur Toilette. Wenn man schnell laufen musste, passierte es, dass man stolperte, irgendwer stolperte immer. Als meine Mutter unglücklich gestolpert war, sagte sie, jetzt reiche es ihr, sie wolle die Fliesen, die im Schuppen neben den Kaninchen lagerten, für den Badfußboden. Aber das wollte mein Vater nicht hören, denn die Fliesen sollten auf dem Garagenfußboden unter seinem Auto liegen. Er sagte, das Auto zuerst, verlegte die Fliesen schnell in der Garage, stellte seinen Trabant 601 darauf, und wir stolperten weiter durch das Bad.

Wenig später fiel in der Veranda die Tapete von der Wand. Weil es überall unter den Fenstern ziehe, sagte die Mutter, aber sie wisse eine Lösung, die Bretter, die neben den Kaninchen lagerten, wären genau richtig, um die Veranda zu verkleiden. Diese Bretter, sagte der Vater, brauche ich für Regale in der Garage, für Autoersatzteile, und dass das Ziehen im Sommer gut wäre, weil dann die Hitze, die die Glasscheiben hereinließ, durch die Ziehstellen wieder herausgelassen wurde.

In der Garage zog es nicht, dort war es im Sommer wärmer als in der Veranda, so dass mein Vater das Auto lüften musste. Und jedes Mal, wenn meine Mutter an der offenen Garagentür vorbeikam, hörte ich sie seufzen.

Jetzt seufzte sie auch, und ich sagte, er wird schon wieder herauskommen aus dem Gästezimmer, und meine Mutter sagte, willst du Schmalz mitnehmen, frisch ausgebraten. Ich wollte kein Schmalz mitnehmen, nicht seit ich als Kind Monat für Monat nach dem Zwanzigsten nur noch Schmalzstullen zu essen bekommen hatte, morgens und als Schulbrot und abends. Immer dann, wenn das Haushaltsgeld meiner Mutter aufgebraucht war und mein Vater nicht mehr herausrücken wollte, weil das Geld für das neue Auto bestimmt war, das in zwölf, elf, zehn, neun … Jahren und dann eines Tages in der Garage stehen sollte. Er legte Woche für Woche eine feste Summe für ein neues Auto zurück, obwohl das Auto, das in der Garage stand, noch wie neu aussah. Und so gab es anstelle von Wurst und Käse Jahre später ein neues Auto.

Ich fuhr nach Hause und vergaß meinen Vater und sein Auto, bis meine Mutter drei Tage später anrief und sagte, er will wirklich sterben.

Es war Wochenende, und ich musste an die Wochenenden meiner Kindheit denken. Jeden Samstagvormittag verschwand mein Vater nach dem Frühstück in der Garage, blieb eine Weile drinnen, und wenn er herauskam, ging das Waschen los. Er wusch sein Auto innen und außen, obwohl es sauber aussah, polierte es innen und außen, obwohl es glänzte, so lange, bis meine Mutter rief, das Mittag ist fertig. Nach dem Essen sagte er, lasst uns ins Grüne fahren, egal ob es draußen grün war oder weiß.

Das geputzte Auto wurde aus der Garage gefahren, musste von meiner Mutter und mir von außen bewundert werden, und dann sahen wir es uns von innen an.

Im Sommer sah ich es mir nicht lange von innen an, nach der nächsten Kurve sah ich mir die Papiertüte von innen an.

Hast du deine Kotztüte dabei, fragte mein Vater. Schon beim Wort Kotztüte würgte es in mir, selbst wenn wir noch gar nicht losgefahren waren, wenn das Auto noch auf der Auffahrt stand, denn wenn es draußen grün war, wurde es im Auto heiß.

Die Sonne suchte sich jedes Mal unser himmelblaues oder delfinblaues oder kristallblaues oder gletscherblaues Autodach zum Draufscheinen aus. Und jedes Mal kurbelte mein Vater die Scheibe an seiner Seite herunter, und meine Mutter sagte, es zieht, denk an meine Ohren. Und die Ohren meiner Mutter bedeuteten für meinen Vater und mich, dass wir ihr eine Weile aus dem Weg gehen mussten und sie uns kein Mittag kochen konnte. Also blieb das Fenster zu, obwohl mein Vater es wieder und wieder neu probierte, ob es doch klappte mit der frischen Luft und den Ohren. Aber es klappte nie.

Wenn wir nach der Fahrt ins Grüne wieder aus dem Auto stiegen, hatte ich jedes Mal das Gefühl, wenn es noch ein wenig länger gedauert hätte, wäre ich gekocht oder gebraten oder zumindest gedünstet gewesen. Aber kurz vorher stiegen wir immer aus.

Wenn es draußen weiß war, war es im Auto kalt. Die Heizung schaffte es nicht, das ganze Auto zu erwärmen. Sie schaffte es am Anfang der Fahrt bis zu den Füßen meines Vaters und am Ende der Fahrt bis zu den Füßen meiner Mutter. Bis nach hinten, bis zu mir, schaffte sie es nie. Aber ich liebte diese Fahrten ins Grüne, wenn es draußen weiß war, weil keine Sonne auf das himmelblaue oder delfinblaue oder kristallblaue oder gletscherblaue Autodach knallte, weil mein Vater nicht zu fragen brauchte, ob ich meine Kotztüte dabei hätte.

Seit ich selbst Auto fuhr, brauchte ich keine Tüte mehr. Was ich im Moment brauchte, war eine gute Idee, damit der Vater wieder herauskam aus dem Gästezimmer.

Noch vor der Begrüßung sagte meine Mutter, ich habe seit drei Tagen nichts von ihm gehört oder gesehen. Vielleicht lebt er gar nicht mehr, sicher lebt er nicht mehr!

Sicher will er uns einen Schrecken einjagen, sagte ich, schlug mit der Faust an der Tür herum und rief, mach keinen Unsinn, mach auf, und meine Mutter neben mir jammerte, jetzt stirbt er nicht an einer Krankheit, sondern an seinem Auto!

So dumm wird er nicht sein, sagte ich, er wird schon wieder herauskommen, lass ihn doch einfach. Aber meine Mutter sagte, hast du vergessen, wie stur er sein kann. Wenn es mal nicht schon zu spät ist!

Weil sie es wollte, brach ich die Tür auf. Es hörte sich an, als wolle das Haus zusammenstürzen, und dann sahen wir es. Er war nicht im Zimmer, er schien die ganze Zeit nicht im Zimmer gewesen zu sein, es war aufgeräumt, das Gästebett unberührt. Oh Gott, sagte meine Mutter, wo ist er hin? Wir sahen uns an und wussten, wo er hin war. Wir fanden ihn in der Garage mit den Regalen an den Wänden und den Fliesen auf dem Fußboden. Er saß in seinem Auto und sah aus, als schliefe er. Sein Mund, umrahmt von grauen Bartstoppeln, stand offen. Ein eingetrockneter Speichelfaden zog sich vom rechten Mundwinkel bis zu seinem Hemdkragen. Ich rüttelte ihn, und meine Mutter rief dazu, wach auf, mach keinen Unsinn, wach auf! Aber er rührte sich nicht.

Ich rief den Notarzt, der eine Ewigkeit brauchte, bis er kam, und eine weitere Ewigkeit, um den Vater zu wecken. Als der endlich wach war, redete er wirr. Er redete so wirr, dass der Arzt ihn mitnahm.

Später sagte man uns, ihm hätte Flüssigkeit gefehlt, aber jetzt könnten wir ihn wieder mit nach Hause nehmen. Auf der Rückfahrt sprach er kein Wort. Zu Hause angekommen, ging er als Erstes in die Garage. Das Metalltor schepperte, als es zufiel, und hinterließ einen Nachhall auf dem Hof und in meinem Kopf.

Ich sah meine Mutter an und sagte, was machen wir jetzt, und meine Mutter sagte, vielleicht sollte man in seinem Alter Veränderungen nicht von heute auf morgen vornehmen, und ich sagte, vielleicht sollte man in seinem Alter sofort Veränderungen vornehmen.

Meine Mutter sah das Garagentor an, sah mich an und sagte nichts.

Ania Faas

Belfast

Mit Jesus hat Paul nicht viel am Hut, aber da ist Jesus kein Einzelfall. Paul lässt sich nicht reinreden. Paul tut, was er will, und wenn er sich nicht entscheiden kann, was er will, dann hat er Tricks, um es herauszufinden. Er sitzt am Küchentisch, kippelt zurückgelehnt auf dem Resopalstuhl und beobachtet scharf die Kühlschranktür. Der Kühlschrank steht neben dem Herd, auf dem seine Tante heute früh ein Irish Stew angesetzt hat. Zischend lässt der Topf Druck ab, der Wasserdampf lässt die Kühlschranktür beschlagen. Langsam sammeln sich die Tröpfchen auch um die grünen Jesus-Magneten Wenn in den nächsten fünf Minuten einer herunterrutscht, sagt sich Paul, dann hole ich sie ab.

Sie, das ist Kiera, seine neue Flamme. Obwohl, so kann man es nicht sagen, sie ist eine echte Frau, a real woman, die erste in Pauls Leben. Seit er nicht mehr zur Schule geht, sieht er sie nur noch nachmittags oder abends. Seitdem ist ihm auch der Rhythmus unlieb, den die Monate durch das Geld angenommen haben. Bis zum Zehnten läuft alles gut. Wenn er seinen Umschlag auf dem Amt abgeholt hat, kann er Kiera ins »Sliab Dubh« einladen. Ab dem Elften geht er nur noch Freitag bis Sonntag aus, ab dem 20. muss er die Nächte im Park verbringen oder bei einem Kumpel. Der Magnet kippt leicht zur Seite. Die Tür geht, Gerald stürmt herein. Erschrocken lässt Paul den Stuhl zu Boden knallen. Der Cousin soll nicht sehen, dass er sich ein Bärtchen stehen lässt. Seit neuestem, wegen Kiera. Gerald reißt den Kühlschrank auf, trinkt einen Schluck aus der Milchtüte. »Hi, Kleiner.« Er entdeckt den Flaum, grinst über seine roten, frisch rasierten Backen. »Oh, Entschuldigung. Hi, Omar Sharif.« Er versetzt Paul einen Hieb auf die hängenden Schultern. Paul duckt sich unwirsch weg: »Fuck you.« Gerald dreht ihm den Rücken zu. »Muss los, Lower Ormeau. Die Briten sind schon angerückt.« Er knallt die

Kühlschranktür zu und geht. Mit lautem Klatschen fällt ein grüner Jesus auf die Bodenfliesen. Paul springt auf. »Du Penner!«

Kurz vor dem Schultor bleibt er an einem Mäuerchen stehen, stellt erst einen, dann den anderen Fuß darauf, die schlaksigen Beine angewinkelt, und zieht die Schnürsenkel aus seinen Turnschuhen. Er will locker wirken. Vorgestern haben sie sich zum letzten Mal gesehen, Kiera und er, aber sie wollte nicht mit ihm tanzen. Die kriegsbemalten Freundinnen an ihrem Tisch – jedes Mal haben sie gekichert, wenn er ankam. Bloß keine Gedanken machen, was los sein könnte. Denn Frauen, das sagt sein Onkel immer, sind komplizierter als jeder Gedanke. Da soll sie jetzt nicht glauben, dass er ihr hinterherläuft. Er steckt die Schnürsenkel in die Tasche seines Anoraks, und plötzlich erblickt er Gerald.

Gerald hat eine Rose in der Hand und geht durch das Schultor. Kiera kommt auf ihn zu, er gibt ihr die Rose, sie hakt sich bei ihm unter, sie spazieren auf die Straße. Paul drückt sich hinter einen Pfeiler. Kiera steht lächelnd vor Gerald, die Rose in der Linken. Gerald hält ihre rechte Hand: »Muss los, Lower Ormeau Road. Bin heute im Sit-in.« Sie strahlt ihn bewundernd an: »Pass auf dich auf.« Gerald zuckt die Achseln: »Die können uns gar nichts. Sehen wir uns später?« Über ihren Köpfen fliegt der Überwachungshubschrauber der Briten vorbei. So tief, dass die Blätter der Bäume hektisch flattern. Paul kann Kieras Antwort nicht verstehen. Das Knattern klingt noch nach, als Kiera und Gerald verschwunden sind. Paul muss sich setzen. Mit halb geschlossenen Lidern sieht er sich um. Die Straßen sind leer, die Vorgärten sind leer. In der Ferne kann er die helle Wand der Peace Line sehen. Dahinter, im Tal, liegt der ferne, östliche Teil der Stadt.

Zu Fuß ist er beinahe eine Stunde unterwegs. Schon in den Nebenstraßen der Lower Ormeau Road stehen die kompakten Crimestopper, die Mini-Panzer der Briten. Einer hat zwei platte Reifen, der Fahrer manövriert ihn durch die Menschenmenge heraus, es stinkt erbärmlich nach verbrannten Belägen. Paul drängelt sich vorbei. Bis eben hatte die Chippies-Bude noch auf, überall liegen zertretene

Zeitungspapiere mit Fischfasern daran. Jetzt bauen einige stämmige Männer das Büdchen zu einer Rednertribüne um. Es beginnt zu regnen. Paul blickt sich nach Gerald um. Unter schwarzen Schirmen stehen die Honoratioren zusammen. Bernadette, die Gewerkschaftsaktivistin in Rock und flachen Sandalen, einige Herren im Anzug, die beiden Priester mit ihrem weißen Rechteck im schwarzen Kragen. Ihre blanken Schuhe scharren über den weiß gestrichelten Mittelstreifen, der die Straße hoch über eine Brücke führt und im Grau verschwindet. Fotografen warten geduldig auf Bilder. Zwischen den Häusern ist ein Spruchband gespannt: »Rechte sind nicht verhandelbar«.

Heute ist der 13., Pauls Geld ist fast alle, und die Lower Ormeau kann ihm gestohlen bleiben. Früher hat er die Sit-ins geliebt. Als Kind, mit seinen Eltern, die damals noch lebten. Demo war Ehrensache. Später, als Jugendlicher, hat er Streit gesucht. Austoben konnte man ihn hier, den Hass auf die Lehrer, auf die Unterdrücker, auf die toten Eltern. Mit Glück wurde man von einem Gummigeschoss getroffen und bekam eine Entschädigung.

Aber heute ist Paul beschäftigt, er sucht Gerald. Was er will, ist ein Wörtchen mit ihm reden, mit diesem großkotzigen Angeber. Rote Rosen! Kiera ist nicht Geralds Frau. Paul lässt die Schnürsenkel schnalzen wie eine Peitsche. In der Ferne sind jetzt Trommelschläge zu hören. Da taucht der Cousin zwischen den roten Backsteingebäuden auf, zusammen mit einigen jungen Männern. Sie lassen sich im strömenden Regen auf der Fahrbahn nieder, alle in einer Reihe, die Pfarrer setzen sich ebenfalls, sie behalten den Schirm in der Hand. In die Uniformierten kommt Bewegung, denn auf der Brücke nähert sich nun der Protestzug der Protestanten.

Ein Häuflein Männer mit Federhüten und Trommeln, neunzehn sind es diesmal, marschieren im Gleichschritt heran. Die Briten machen sich an die Arbeit. Paul braucht nicht hinzusehen. Er weiß, was passiert. Die Katholiken, die den Weg versperren, werden weggetragen. Sie wehren sich nicht, die Menge pfeift, die Trommler gehen, die Augen geradeaus gerichtet, unter Beschimpfungen vorbei. Das dauert keine fünf Minuten. Gerald hängt wie ein dicker Sack zwischen zwei Briten, die seine Arme gepackt haben. Zum ersten Mal sind Paul die Krieger mit ihren schwarzen Helmen und Schienbeinschonern sympathisch. »Pass auf dich auf«, hat sie zu Gerald gesagt. Was soll ihm denn schon passieren? Wenn er sich nur wehren würde, vielleicht würden sie ihre Schlagstöcke ziehen. Aber das weiß er ja genau, der Feigling, sie werden es nicht tun, nicht jetzt kurz vor dem Frieden. Am Abend sind alle Demonstranten wieder auf freiem Fuß. Pauls Mund wird schmal, wenn er an den Abend denkt. »Sehen wir uns später?« Wenigstens regnet es. Rinnsale bilden sich, einzelne Schuhe liegen jetzt am Boden, den Sit-in-Demonstranten sind Schlüssel aus der Tasche gefallen, ein Taschenkamm, Geld. Sieben Ein-Pfund-Münzen, ein paar Pennys mit dem Konterfei Elizabeths der Zweiten, verstreut auf der nassen Straße.

Paul schaut dem Polizeitransporter hinterher, der Motor dröhnt laut in einem kleinen Gang. Paul spuckt aus. Die Rose in ihrer Hand. Liebe. Kiera hat doch keine Ahnung, was Gerald unter Liebe versteht, irgendwas zwischen »Nutte« und »mir doch egal«. Sie hört ja nicht, wie er zu Hause redet, bevor sie ins »Sliab Dubh« gehen: »Die Erste, die die Beine breit macht, die wird's.« Paul braucht lange, um wütend zu werden. Im Krieg ist Wut ein Luxus, hat er mal gelesen. Man muss sich über den Konflikt erheben, hat er mal gelesen. Erheben, er will sich erheben. Er reckt den Kopf, betrachtet den Kessel, den die Crimestopper um das Stück Straße bilden, das katholisch sein soll.

Plötzlich fliegt ein Kochlöffel über die Reihen der Soldaten hinweg. Die Fotografen reißen ihre Kameras wieder aus den Taschen. Ein Ruck geht durch die Menge, weitere Kochlöffel fliegen, die Leute raunen, es wird laut. Buhrufe, Schreie. Jetzt folgen Töpfe und Pfannen, die mit lautem Scheppern auf schwarze Helme treffen. Die Formationen lösen sich auf, Rufen, Rennen. Frauen hängen aus den Fenstern und feuern ihre Männer an. Paul wird zur Mitte gedrängt, jetzt steht er auf der Straße, an der gestrichelten Linie, er schaut auf die Schuhe, den Kamm, das Geld. Sieben Pfund. Um ihn herum bemerkt niemand, wie er die Münzen aufhebt und in seinen Anorak gleiten lässt. Katholische Münzen. Unberührbare Symbole des Widerstands.

Schon eine Ecke weiter ist nichts mehr zu hören. Als sei er in eine andere Stadt geraten. Es nieselt noch, Kinder rutschen johlend auf eingeseiften Planen herum. Paul läuft schnell, er hält die Pfund- und Pennymünzen in der Tasche fest, damit sie nicht klimpern. Er rennt zum Taxistand, überquert ihn, springt über das Mäuerchen in die Einkaufszone.

Frauen mit Kinderwagen sind unterwegs, Männer in Anzügen stehen an den Imbissbuden an. Musik wummert aus den Boutiquen. Paul bleibt vor einem Blumenladen stehen. Die Hände in den Anoraktaschen, stößt er leicht die Glastür auf. Es ist halbdunkel im Laden und still. Es riecht süß, chemisch. Eine rundliche Frau in einem weißen Kaschmirpullover kommt aus dem Hinterzimmer. »Was kann ich für Sie tun, junger Mann?« Ihre Stimme klingt so freundlich. Paul steigen Tränen in die Augen. »Ich wollte Blumen kaufen«, sagt er rauh und piepsig. Unlocker. Er packt die Münzen fester. »Für welche Gelegenheit soll es denn sein? Ein Geburtstag, eine Hochzeit oder ein Jubiläum vielleicht?« Paul hat von Blumen keine Ahnung. Er hat nicht einmal gewusst, dass Blumen-Ahnung nötig sein könnte. Er antwortet: »Für eine Frau.« Die Kaschmir-Frau hebt wissend die Augenbrauen: »Ah, dann. Dann rate ich zu Rosen. Rote Rosen ...«

Die Sonne dämmert eben noch über der Stadt. Der Weg in den Westen war weit, langsam steigt Paul die gewundenen Straßen hoch. Über der Schulter trägt er einen riesigen Strauß weißer Blumen, umwickelt von zwei Schnürsenkeln. Wenn Kiera sie nimmt, sagt sich Paul, dann gebe ich das Geld zurück.

Daniel Schmidt

Herr der Schnecken

Versuch's mal mit Bier!‹

Karl lehnte lässig über den Gartenzaun und hielt eine volle Flasche in die Luft.

»Mit Bier hab ich sie immer gekriegt. Glaub mir, da stehen die drauf!‹

Otto ließ die Nacktschnecke in den Eimer fallen. Das Jahr war feucht und warm, die Viecher vermehrten sich ungewöhnlich stark, wuchsen noch schneller als das Unkraut. Er stand auf und streckte seinen Rücken.

»Das trink ich lieber selbst!«, antwortete er seinem Nachbarn und trabte mit dem Eimer zum Zaun. »Diese verfluchten Biester. Haben schon wieder den ganzen Salat abgefressen.«

Sie stießen mit ihren Bierflaschen an und tranken jeder einen großen Schluck.

»Weißt du, was mich am meisten nervt?«, fragte Otto und sprach, ohne eine Antwort abzuwarten, weiter. »Die meinen, du deckst denen den Tisch. Wenn die wenigstens ein paar Pflanzen in Ruhe lassen würden, aber nein, jede mal anknabbern und natürlich immer das Herz, damit sie auch ja nicht weiter wachsen. Ich hasse sie. Echt, da fragt man sich doch, wofür die Evolution solche Drecksviecher erschaffen hat. Du machst das schon richtig, ich sollte auch aufhören, Salat zu pflanzen.«

Karl nickte zustimmend. »Hab ich schon immer gesagt. Den Stress kannste dir sparen. Pflanz einfach Kartoffeln, die mögen die nicht.«

Sie starrten eine Weile auf die Beete in Ottos Garten. In einem Teil hatte er fünf Gemüsebeete angelegt, akkurat eingefasst von kleinen Buchsbaumhecken.

Im ersten schlängelten sich Stangenbohnen nach oben, im nächsten wuchsen Erdbeeren. Daneben teilten sich verschiedene Kohlsorten ein Beet, davor standen Tomaten und Paprika unter einem Foliendach, und daran grenzte das traurig anzusehende Salatbeet.

»Ich mag halt frischen Salat.« Otto nahm den letzten Schluck aus der Flasche und machte sich wieder an die Arbeit. Karl sah ihm noch ein Weilchen kopfschüttelnd zu, bevor er mit den zwei leeren Flaschen zurück in seinen Garten ging und es sich im Liegestuhl bequem machte.

Eine Stunde später hatte Otto auch die letzte Schnecke eingesammelt, marschierte zu seiner Terrasse und füllte den Eimer mit kochendem Wasser. Die schwarzen und braunen Würste sahen Ekel erregend aus. Er kippte die Kadaver vor seinem Komposthaufen aus und beobachtete mit einer gewissen Genugtuung, wie sich ein paar Vögel um die Überreste stritten.

Er las bis Sonnenuntergang in einem Buch, packte in der Dämmerung seine Sachen zusammen, verabschiedete sich von Karl und ging nach Hause.

Am nächsten Tag stellte er zufrieden fest, dass es keine neuen Fraßschäden gab. Trotzdem war nichts mehr zu retten. Zwei Schnecken fand er noch versteckt unter den Pflanzen. Trübselig ersetzte er die zerstörten Salate durch neue Pflänzchen, hackte noch hier und dort ein bisschen, bevor er mit Karl das obligatorische Bierchen am Gartenzaun trank.

»Ich glaub, ich hab sie alle erwischt!«
»Ja«, sagte Karl, »die kommen so schnell nicht wieder.«
Die nächsten Tage konnte man den Pflanzen fast beim Wachsen zusehen. Keine Schnecke weit und breit. Otto war zufrieden, bis er eines Tages im Kohlbeet Unkraut jäten wollte.

»Karl! Diese Drecksviecher!«

Karl kam, so schnell er eben konnte.

»Was'n los? Dein Salat steht doch wie ne Eins!«

»Nicht der Salat! Jetzt haben sie den Kohl gefressen!«

Die Spuren waren in der Tat nicht zu übersehen. Sämtliche jungen Triebe waren verschwunden.

»Das zahl ich euch heim!«, schrie Otto. »Jeder von euch zahl ich das heim!«

Und er nahm seine Gartenschere und schnitt jede Schnecke, die er fand, in zwei Teile. Karl wandte sich angeekelt ab.

»Weißt du was? Mach doch Kartoffeln!«

»Ich *will* keine Kartoffeln!«, brüllte Otto und mordete weiter. Karl schlich sich unauffällig davon.

»Es tut mir leid!«

Otto hatte sich wieder beruhigt. Karl drückte ihm ein kühles Bier in die Hand.

»Schon gut, kann ja verstehen, dass dich das nervt. Mach das mal mit dem Bier, das hilft wirklich.«

Otto stöhnte. »Okay, ich versuch's.«

Bis zum Abend buddelte er Plastikbecher in den Boden, die er kurz vorm Gehen mit Bier füllte. Sechs Flaschen Bier. Was für eine Verschwendung, dachte er bei sich.

Am nächsten Tag konnte er es kaum erwarten, in den Garten zu kommen. Als er vor seinen Beeten stand, fiel ihm die Tasche aus der Hand. Es hatte tatsächlich funktioniert. Es hatte so gut funktioniert, dass sämtliche Becher bis zum Rand mit Schnecken gefüllt waren. Sogar so gut, dass noch welche Schlange standen, um endlich auch einen Schluck abzubekommen. So gut, dass der ganze Boden nur noch aus Schnecken zu bestehen schien.

»Moin, Otto. Du bist aber früh da. Und? Was machen die Schnecken?«

Falsche Frage. »Dein Scheißbier hat alle Schnecken im Umkreis von zehn Kilometern angelockt! Mein ganzer Garten besteht nur noch aus Schnecken!«

»Oh, das tut mir leid.«

»Es tut dir leid? Das ist alles, was du dazu zu sagen hast? Es tut dir leid? Das ist ja wohl das Mindeste!«

»Ja, ja, ich helf dir beim Einsammeln.«

Bis zum Mittag hatten sie zwei Eimer gefüllt.

»Is echt schade, dass wir kein Gourmet-Restaurant haben.«

Otto hatte Mühe, seine Wut zu unterdrücken. »Das ist ein verdammt schlechter Zeitpunkt, um Witze zu machen!«

»Okay, ich geh dann mal. Den Eimer hier nehm ich mit zu mir, ich will auch ein bisschen Spaß haben.«

Nachdem Otto abermals Schnecken gekocht hatte, schaute er sich im Garten um. Zumindest der Salat stand noch unberührt da. In ein paar Tagen würde er groß genug zum Essen sein.

Die Schnecken schienen besiegt zu sein. Die abgefressenen Kohlpflanzen wurden ersetzt, auch das Biertrinken mit Karl machte wieder Spaß. Die Sonne meinte es nach wie vor gut, und die Erdbeeren begannen rot zu werden. Erst rot und dann wieder weiß. So wie Ottos Gesichtsfarbe, als er das sah. Mit dem Spaten hieb er wie ein Berserker auf die Schnecken ein, die sich unter den Erdbeerblättern versteckt hielten. Karl beobachtete das Treiben aus sicherer Entfernung. Es dauerte ein Weilchen, bis Otto sich abreagiert hatte und Karl sich näher heranwagte.

»Schnecken?«

»Ja, Schnecken! Und dabei hab ich Schneckenkorn gestreut! Ich geb's auf.«

»Schneckenkorn? Bei dem Regen letzte Nacht hat's das doch weggespült, und außerdem lockst du damit mehr Schnecken an, als das Zeug vernichtet. Es gibt nur ein Mittel, das wirklich hilft.«

Otto schaute ihn skeptisch an. »Die Aktion mit dem Bier hatten wir doch schon.«

»Ich meine nicht Bier.« Karl sah bedeutungsvoll auf die Beete. »Du musst einen Schneckenzaun bauen. Das ist das Einzige, wo die Viecher wirklich nicht drüberkommen.«

»Einen Schneckenzaun? Falls du's nicht bemerkt hast, ich hab überall Buchs stehen. Wie soll ich da einen Schneckenzaun setzen?«

Karl zuckte nur mit den Schultern und trank einen Schluck aus seiner Flasche.

»Ich glaub, die Erdbeeren sind hinüber.«

Otto sah ihn kurz mit böse funkelnden Augen an und betrachtete dann nachdenklich sein Salatbeet.

Auch ohne Buchs sah der Garten eigentlich ganz nett aus. An den grünen Kunststoff würde man sich gewiss auch noch gewöhnen. Otto war erschöpft. Aber er war sich sicher: Dieses Mal hatte er gewonnen.

Er schlief schlecht in der Nacht, grundlos, wie sich herausstellte. Der Zaun wirkte, nur auf den Wegen zogen ein paar einsame Schnecken ihre Schleimspur.

Die neuen Erdbeerpflanzen schienen auch anzuwachsen. Fiel die Ernte halt ein wenig geringer aus.

Nur der Salat kümmerte vor sich hin. Noch ein paar Tage später schließlich schnitt Otto einen ab und teilte ihn auseinander.

»Oh nein, nicht schon wieder!«

Karl kam neugierig an den Zaun. »Was'n los?«

»Schau dir das an, hier drin leben Mini-Schnecken! Ich hab die gar nicht gesehen von oben. Die fressen mir die ganzen Salate von innen auf!«

»Ach du Scheiße.«

»Wo kommen die denn her?«

Karl überlegte. »Ich vermute, die waren schon als Eier auf dem Beet, bevor du den Zaun gezogen hattest. Und jetzt sind sie wohl geschlüpft.«

»Das ist noch nicht mal eine Woche her! So schnell schlüpfen doch keine Schnecken! Und für frisch geschlüpft sind sie auch ein bisschen groß.«

»Dann weiß ich's auch nicht.« Karl verzog sich offenkundig genervt in seine ruhige Ecke.

Das Bier blieb an diesem Tag im Kühlschrank.

Das Wetter wurde trockener und die Schnecken weniger. Karl war ein paar Tage zu seiner Schwester gefahren, Ottos Ärger hatte sich gelegt. Er entschloss sich sogar, die Blumen in Karls Garten zu wässern. Als er den Schlauch am Wasserhahn anschloss, fiel ihm eine große Kiste auf, die er vorher noch nie gesehen hatte. Neugierig, wie er war, öffnete er den Deckel und schaute hinein. Entsetzt starrte er auf das Gewirr von Schnecken und ließ den Wasserschlauch fallen. Er konnte es nicht fassen. Karl, sein bester Kumpel, hatte ihm einen ganz üblen Streich gespielt. Auf einmal glaubte er sich an einen hämischen Blick von Karl zu erinnern, als er ihm die Misere im Salatbeet zeigte. Und hatte der nicht auch gegrinst, als Otto seine Erdbeeren zerstört hatte? Das würde er ihm heimzahlen. Er kramte eine Sichel aus seinem Schuppen hervor und säbelte wütend sämtliche Kartoffelpflänzchen ab, die schon aus der Erde schauten. Auch die Blumenbeete bekamen eine Rasur und alle anderen Pflanzen auch. Es sah aus wie auf einem Schlachtfeld.

Geschafft und befriedigt holte er seine Handschuhe und verteilte die Schnecken aus der Kiste über Karls Beete. »So, ihr lieben Schnecken, euer Essen ist fertig!«

Mit einem Bier in der Hand betrachtete er zufrieden sein Werk. Rache ist süß, dachte er bei sich.

Am nächsten Tag, Otto kniete zwischen den Bohnen, stand plötzlich Karl am Gartentor.

»Hallo, Otto, wie geht's? Ich hab 'ne Überraschung für dich!«

Otto hob seinen Kopf und lächelte Karl an. »Ich hab auch eine Überraschung für dich!«

»Okay, erst ich«, sagte Karl.

»Ich hab mir was überlegt wegen deinem Schneckenproblem. Horst wollte mir eine Kiste Killerschnecken mitbringen. Das sind Kannibalen, die fressen nur andere Schnecken, aber kein Grünzeug. Und wenn keine anderen Schnecken mehr da sind, sterben sie ab. Ziemlich genial. Können wir dann gleich mal ausprobieren.«

Otto wurde blass. Er öffnete seinen Mund, konnte aber nicht sprechen.

»Und jetzt erzähl, was ist deine Überraschung?«

Kathrin Hamel

Das zweite Mal

Die Frau sitzt schon auf dem Stuhl. Nur mit einem Nachthemd bekleidet, sonst nackt, die Beine gespreizt, auf die Stützen gelegt, dunkelblaue Socken an den Füßen. Ungeschminkt, blass.

Ich weiß, wie sich die Patientinnen in diesem Augenblick fühlen, nackt, ausgeliefert, so kurz vor der Operation. Gezwungen, uns zu vertrauen. Manche bitten die Schwester, ihre Hand zu halten. Stellen sinnlose Fragen, wollen beruhigt werden. Denken an Risiken und Komplikationen, die extrem selten, aber nicht unmöglich sind. Und auf die wir sie im Vorgespräch hinweisen mussten. Verletzungen des Bauchraums, starke Blutungen, Transport ins Krankenhaus.
Erbrechen, Ersticken, Verbluten. Da hilft es nicht viel zu versichern, dass es in unserer Praxis noch nie größere Komplikationen gegeben hat, dass die meisten Operationen keine halbe Stunde dauern. Und dass die Frauen ein paar Stunden später schon wieder aufstehen und sich nach Hause bringen lassen können.
Manchen ist dann noch übel vom Narkosemittel. Manche husten und haben Halsschmerzen, wenn wir intubieren mussten. Sonst nichts.
Doch die Angst bleibt.

Wir kennen die Patientinnen gewöhnlich nicht. Nicht viele Praxen in der Stadt führen ambulante Operationen durch, die Frauen werden zu uns überwiesen. Mein Kollege oder ich führen das Vorgespräch, sehen uns die Patientin an, etwa eine Woche später operiert einer von uns. Den Anästhesisten, der von Arztpraxis zu Arztpraxis reist, lernen die Frauen erst eine Stunde vor dem Eingriff kennen.

Die Frau auf dem Stuhl kenne ich. Ich war auf sie vorbereitet. Ihr Name steht auf der Karte, die mein Kollege während des Vorgesprächs angelegt hat. Ein seltener Name. Ein Name, den ich nicht vergessen habe.

Ich atme noch einmal tief durch. Weiß genau, dass mir mein übliches Lächeln nicht gelingen wird, zwinge meine Gesichtszüge gewaltsam in eine neutrale Miene. Wenigstens das.

Und betrete das Arztzimmer.

Sie erkennt mich nicht sofort. Ich war nie von Bedeutung für sie. Es dauert einige Sekunden, bis ihr angespannter, doch gefasster Blick erstarrt. Sie grübelt, versucht mich einzuordnen, erkennt mich schließlich, ihr Gesicht rötet, ihre Augen weiten sich, schrill ruft sie: Sie?

Ich genieße ihre Überraschung, ihr Erschrecken. Dieses Mal ist sie die Schwache. Ich genieße ihre Angst. Und schäme mich nicht mal dafür.

Ich kann nicht anders, ich genieße es.

Ich sehe die Frau, die jetzt so nackt und hilflos vor mir liegt, hinter einer angeklappten Fensterscheibe im ersten Stock. Sehe ihr selbstgefälliges, ihr arrogantes Grinsen. Und ich sehe sie, etwas später, auf der Straße, frisch geschminkt, sehe ihren Blick, den ich nie vergessen werde. Sehe, wie sie dem Polizisten ihre Zeugenaussage diktiert, fast flirtend.

Das war am Tag, an dem mein Opa beerdigt wurde.

Wir waren auf dem Weg zum Friedhof. Aaraam war vorausgegangen, er wollte den Kranz ins Auto bringen, das Auto vom Hof fahren. Aaraam ist der Mann, den ich liebe. Der Mann, mit dem ich lebe. Aaraam ist ein brillanter Wissenschaftler. Aber ein schlechter Autofahrer. Aaraam ist Iraner. Er hat hier in Deutschland den Führerschein gemacht, doch er fährt nicht gern Auto. Viel lieber geht er zu Fuß, auch wenn er eine Stunde laufen muss oder mehr. Sehr gerade geht er, den Kopf, die Schultern erhoben. Auch bei schlechtem Wetter geht er. Geht zur Arbeit, ins Institut. Geht zur Volkshochschule, wo er Persischunterricht gibt.

Er hat lange gezögert, als sie ihm diesen Job angeboten haben. Sein Deutsch wäre nicht gut genug. Es wäre ihm unangenehm, vor so vielen Menschen zu stehen Und Zeit hätte er sowieso nicht. Ich habe ihm zugeredet. Ihm gesagt, wie gut es wäre, andere Menschen kennen zu lernen. Nicht nur mit seinen Institutskollegen zu fachsimpeln. Beteuert, dass sein Deutsch fast perfekt ist. Der Lehrerjob ist gut für Aaraam. Schüchtern ist er immer noch, doch er hat Freunde gefunden, sich eingelebt. Und Aaraam ist stolz darauf, von seinen Schülern geschätzt zu werden.

Am Tag, an dem mein Opa beerdigt wurde, wollte Aaraam Auto fahren. Mir zuliebe, weil es mir schlecht ging. Immer, wenn ich Sorgen habe, Kummer, Trauer, reagiert mein ganzer Körper darauf. Ich bekomme Pickel, Hautausschlag, ich esse nichts, mir ist übel. An anderen Tagen bekomme ich das in den Griff. Verbiete mir schlechte Gedanken, verdränge. Ich muss fit sein, jeden Tag. In der Sprechstunde. Und besonders, wenn ich operiere. Einmal in der Woche ist mein Operationstag. Ab sieben, noch vor der Sprechstunde, operiere ich dann vier oder fünf Patientinnen. Egal, wie ich mich an diesem Tag fühle, ich bündele meine Gedanken und konzentriere mich ausschließlich auf die Patientin vor mir. Verdränge alles, was mich ablenken könnte.

Der Tag, an dem mein Opa beerdigt wurde, war ein Samstag. Ich habe meine Trauer zugelassen, habe Seele und Körper sprechen lassen.
   Wenige Minuten nach Aaraam verließ ich die Wohnung, lief abwesend die Treppen hinunter, öffnete die Tür zum Hof. Überquerte den Hof, wie in Trance. Dann sah ich sie: Aaraam und den fremden Mann. Ich hatte sofort ein Bild aus meiner Kindheit vor Augen. Als unser Beo plötzlich zu unserem kleinen schwarzen Meerschweinchen flog und ungestüm auf es einhackte. Der fremde Mann trug wie Aaraam einen dunklen Anzug. Wild gestikulierend schrie er Aaraam an. Ich hörte Wortfetzen. Angefahren, Absicht, ganz klar. Ausländer. Was haben Sie hier zu suchen. In dieser Wohngegend. Das war doch Absicht, mein Wagen, neidisch sind Sie. Ich begann zu verstehen.

Aaraam hatte das Auto des Mannes gestreift, das die Hofeinfahrt halb zuparkte. Unser kleines Auto war an einer Seite ganz leicht eingedrückt, an seiner Luxuskarosse war nichts zu sehen. Wirklich nichts, nicht die kleinste Schramme.

Dann fiel mir die Frau am Fenster auf, im Haus gegenüber. Ich kannte sie nicht, vielleicht war sie zu Besuch hier.

Die Frau am Fenster sah sich das ganze Schauspiel grinsend an. Sah, wie der Vogel auf das Meerschwein einhackte, sah, wie das Meerschwein übertölpelt wurde, wie es zitterte.

Wahrscheinlich hörte sie auch die Beleidigungen.

Sie sah zu. Und grinste.

Hören Sie, mischte ich mich ein, wir möchten zu einer Beerdigung, wir haben es eilig, wir müssen los, es ist doch nichts passiert. Er sah kurz zu mir, dann zu Aaraam, zu mir. Sie gehören zu ihm?, fragte er. Dann: Zeiten sind das.

Schließlich willigte er ein, Autos und Unfallstelle zu fotografieren und Adressen auszutauschen. Wir waren beim Schreiben, als die Frau zu uns trat.

Ich habe alles gesehen, sagte sie zu dem Mann, Sie müssen die Polizei rufen. Das wäre ja noch schöner, wenn die Ausländer sich alles erlauben dürfen. Sich einschleichen, sich vermehren, verbreiten, in die besten Wohngegenden ziehen. Und unsere Autos kaputtfahren.

Unsere Frauen wegnehmen, fiel der Mann ein. Und blickte zu mir. Die Frau sah mich an, nie werde ich diesen Blick vergessen, sah mich von oben bis unten an, verächtlich, sagte: Wer sich mit solchen einlässt ..., schüttelte abfällig den Kopf.

Am Tag, an dem mein Opa beerdigt wurde, war ich zu schwach, um zu streiten.

Ich ließ sie die Polizei rufen. Wir warteten.

Triumphierend und mit sichtlichem Vergnügen gab die Frau ihre Geschichte zu Protokoll. Die Polizisten nahmen den Fall auf, liefen mehrmals um das ungleiche Autopaar, suchten, rieben am Lack. Konnten nichts finden außer unserer Beule. Sie ließen beide ein

Ordnungsgeld zahlen, den Mann, weil er falsch geparkt, Aaraam, weil er ein stehendes Auto gestreift hatte. Dann fuhren sie wieder.

Während der Fahrt zum Friedhof sprach Aaraam kein Wort. Ich wusste, wie sehr es seinen Stolz verletzt hatte, von dem Mann beleidigt worden zu sein. Wie wütend er auf sich selbst war, sich nicht gewehrt zu haben. Wie traurig, dass ich ihn so schwach gesehen hatte. Trotzdem, ich hätte gern geredet.

Wir kamen viel zu spät am Friedhof an. Alle standen schon am Grab, warfen Blumen auf den Sarg. Aaraam stand einen halben Meter neben mir, berührte mich nicht, sah mich nicht an.

Auf der Rückfahrt fuhr ich selbst.

Aaraam und ich haben den Vorfall danach nie mehr erwähnt.

Ich bin sicher, dass er manchmal daran gedacht hat. Doch er hat nicht ein einziges Mal darüber gesprochen.

Ich habe oft daran gedacht. Wenn ich das Haus gesehen habe. Und das Fenster, hinter dem nie mehr die Frau stand. Ich war wütend. Auf mich war ich wütend. Und auf Aaraam. Und auf den Mann.

Am meisten war ich wütend auf die Frau.

Meine Wut ist geblieben. Verdrängt meist, ich kann schlechte Gedanken, kann schlechte Stimmung nicht gebrauchen. Ich muss fit sein. Und konzentriert. Und doch: Ich habe mir den Namen der Frau gemerkt. Irgendwann, habe ich oft gedacht, irgendwann revanchiere ich mich. Man trifft sich immer zweimal im Leben.

Die Frau sitzt auf dem Stuhl. Mit einem Nachthemd bekleidet, sonst nackt, die Beine gespreizt, auf die Stützen gelegt, Socken an den Füßen. Ungeschminkt, blass.

Und ich sehe nicht die Patientin. Ich sehe nur die Frau, die ich hasse. Die Frau, deren Angst ich genieße.

Ich versuche, meine Gefühle wegzuschieben. Versuche, meine Gedanken auf die Operation zu richten. Nur auf die Operation.

Doch ich denke an den Tag, an dem mein Opa beerdigt wurde.

Ich nicke dem Anästhesisten zu.

Er lächelt die Frau an. So, sagt er, dann denken Sie mal an etwas sehr Schönes.

Harry Liedtke

Gräbertanz

Es goss in Strömen, doch der mittelgroße Mann, der vor dem Grab eines gewissen Luggi Waldner stand, störte sich nicht dran. Jetzt setzte er gar die Kapuze seines abgewetzten Parkas ab, blickte gen Himmel und stieß ein befreites Lachen aus. Dicke Tropfen platschten ihm ins Gesicht; und es schien, als sollte das Wasser die seit Jahren eingebrannten Sorgenfalten aus seinem verhärmten Antlitz waschen Und wahrhaftig, im Gegensatz zur Wetterlage hellte sich die Miene in Windeseile auf.

Ernst Brückner war zum Feiern zumute. Wie er so dastand, mit weit ausgebreiteten Armen, verklärtem Gesichtsausdruck und dem Kopf im Nacken, sah es aus, als wolle er Gott danken. Als ihm vor zwei Wochen die Nachricht von Luggis Tod überbracht worden war, hatte er tatsächlich drei Kreuze geschlagen. Und anschließend eine Flasche Rotwein geköpft, eine von dem guten Stoff, nicht den Billigfusel aus dem Supermarkt! Herrlich, der miese Flachwichser war verreckt! Auf jämmerliche Art und aus heiterem Himmel. Wie bestellt! An einem verschluckten Hühnchenknochen war Luggi erstickt. Ernst schüttelte sich ob des wohligen Schauers, der ihm über den Rücken rann, stieß allerdings auch ein leicht unbefriedigtes Zischeln aus. Ersticken war so ziemlich die ekligste Todesart, die er sich vorstellen konnte, aber für Luggi immer noch zu gnädig. Aber gut, sei's drum, er wollte nicht unverschämt erscheinen. So geht es halt, wenn man den Hals nicht voll kriegt, sinnierte er hämisch. Irgendwann sitzt mal was quer. Ernst ballte die Fäuste. Ein Schwall reinsten Hasses sprudelte aus seinem Hirn und rann ihm heiß in die Glieder hinunter. Tot oder nicht, dachte er, dir geb ich's, du miese Ratte! Ernst klaubte eine Hand voll Schotter vom Gehweg und schmiss die Ladung auf die Grabstätte. Knisternd fielen der Dreck und die kleinen Steine über ein paar der zarten Blümchen her. Saftsack, damischer! Ernst mahlte mit den Zähnen. Was hatte ihm dieser Satan in Menschengestalt übel mitgespielt. Beruflich vernichtet hatte er ihn, ihm alles weggenommen und anschließend noch über ihn gelacht! »Ernst, das ist Marktwirtschaft«, war Luggi ihm höhnisch dumm gekommen, »der Bessere gewinnt.« Ha, von wegen der Bessere! Der Skrupelloseste gewinnt! Seine Geschäftsidee hatte ihm der Raffzahn geklaut und danach mit übelsten Tricks seinen Laden übernommen, quasi im Handstreich und natürlich mitsamt allen Bankkonten. Nichts war ihm geblieben. Geld weg, Auto weg, Haus weg, alles weg! Auch sein Ruf als Geschäftsmann war auf ewig ruiniert! Keine Bank dieser Welt würde ihm jetzt jemals noch einen Kredit geben. Und – last but not least – mit seiner Frau hatte der Lump gefickt. Jahrelang! Hinter seinem Rücken! Du Hurenbock! Du Hure! Ruth, wie konntest du mir das antun? Und dann noch mit dem! Die Tränen standen Ernst in den Augen. Am liebsten hätte er die Leiche ausgebuddelt und gewürgt. Und die seiner Gattin gleich mit, wenn sie denn tot gewesen wäre und daneben gelegen hätte.

Du Arsch, fluchte Ernst voller Grimm, und donnerte mit einer Art Capoeira-Tritt gegen den Grabstein! Und gleich noch mal. Zack! Es war schon von Vorteil, dass es Bindfäden regnete, denn so gab es keine Zeugen für seine Attacke. Bis auf seine Wenigkeit war der Friedhof menschenleer. Nicht dass es Ernst abgehalten hätte, wenn Leute zugegen gewesen wären, oh nein, nur wäre seine Grabschändung dann wohl etwas kürzer ausgefallen. Aber gegenwärtig, so ganz ohne Publikum, konnte er sich nach Lust und Laune austoben, und seine Lust war ebenso groß wie seine Laune gallig! Er hob einen großen Kiesel auf und pfefferte ihn gegen den Grabstein. Das Wurfgeschoss prallte ab, landete ein ganzes Stück weiter hinten im Gebüsch und schreckte ein paar dort verborgen liegende Kaninchen auf, die raschelnd auseinander stoben. Unglücklich, dachte Ernst, von ihm aus hätten die niedlichen Nager nachher gern noch an Luggis Kränzen und Blumen knabbern können. Falls etwas von dem Gestrüpp übrig blieb, wenn er hier fertig war!

Spaßeshalber warf er noch ein paar Steine gegen das Grabmal. Bei den letzten beiden hatte er Glück. Einer brach ein Stück vom Rand ab, der andere zermackte die Inschrift. Ernst trat noch mal karatemäßig nach, in der Hoffnung, den Grabstein in Schieflage zu bringen. Sein anschließendes Schnaufen fiel ausnehmend freudig aus, weil er sah, dass ihm dies langsam, aber sicher gelang.

Die Beerdigung war gerade erst zwei Tage her und Luggis Leichenhügel daher in fast makellosem Zustand. Noch! Die Idee, auf das Grab zu pissen, war verlockend, doch Ernst gab diesem Drang nicht nach. Er hatte etwas anderes vor. Außerdem konnte er das nachher immer noch tun. Nein, erst mal sollte Luggis Ruhestatt mit Stil entweiht werden. Im Weinrausch hatte Ernst geschworen, auf dem Grab seines Erzfeindes zu tanzen, und diesen ihm heiligen Eid gedachte er nun zu erfüllen. Allerdings gab es da noch eine grundlegende Frage zu lösen. Was tanzte man eigentlich auf einem Grab? Einen Walzer vielleicht? Eins, zwei, Wiegeschritt? Nein, zu getragen, zu majestätisch und zu weitschweifig. So einen edlen Tanz hatte Luggi nicht verdient, außerdem war der Platz dafür zu eng. So ein Standardgrab von zwei Meter mal einem Meter eignete sich nicht für ausladende Kreiselbewegungen, und Ernst wollte ja nicht um die Grube herum scherbeln.

Nein, er brauchte etwas Fetzigeres, Zerstörerisches. Es sollte ein richtiger Veitstanz sein, ein Schwof, den man in der Hölle hören konnte. Allerdings wollte Ernst nicht umherzappeln wie ein grenzdebiler Technojünger auf Speed. Immerhin war das hier eine Zelebration, da beabsichtigte er schon, ein wenig Würde auszustrahlen. Mal überlegen. Ein Säbeltanz wäre ganz passend, der erschien ihm furios und zugleich graziös. Aber leider war er dafür nicht sportlich genug. Gleiches traf auf den Raqs Sharqi zu. Für einen Bauchtanz hatte er einfach zu viel Bauch. Den Twist lehnte Ernst aus gesundheitlichen Gründen ab. Schließlich warnten die Orthopäden bei der Rock-'n'-Roll-Turnerei nicht umsonst vor Knieverletzungen und Wirbelsäulenschäden. Eine Rumba vielleicht? Hm, besser nicht! Die Rumba ist streng genommen ein erotischer Werbetanz, da würde

Luggi dort unten in seiner Holzwurmbehausung ganz schön befremdet aus der Wäsche schauen.

Ernst kratzte sich am Kopf. Knifflig, dieses Problem! Er konnte sich nicht entscheiden. Der Blues war ihm zu formal, der Cakewalk zu langsam, und beim Discofox kam er stets aus dem Takt. Eine bayerische Polka war zwar schön stampfig, die hätte schnell viel Schaden angerichtet, aber das Klatschen auf die Oberschenkel und die Hände fand Ernst affig. Obwohl feurig und leidenschaftlich, schied auch der Tango aus. Rosen zum Zwischen-die-Zähne-Stecken gab es zwar auf dem Gelände reichlich, aber ihm fehlte eine Partnerin. Tango ging halt nur zu zweit.

Halt, Moment, ich hab's!, durchfuhr es Ernst. Heureka! Na klar doch, der Flamenco! An den hätte er ja auch gleich denken können. Perfekt für heftigste Gefühlsausbrüche auf engstem Raum. Ernst legte los. Wie ein tasmanischer Teufel fegte er über das rechteckige Stückchen Erde, das nun Luggis neue Heimat war. Mit kurzen Stampfschritten zertrampelte er die Blumen, mit scharfen Drehungen zerfetzte er die Kränze. Caramba, Karacho, ein Flachmann! Euphorisch und unter ständigem Fingerschnippen wühlte Ernst mit den Füßen den Boden auf, zertrümmerte mit den Hacken eine Dekorsteinplatte, zerschmetterte Grablaternen, kickte Teelichter fort und trat nebenbei immer wieder gegen den Grabstein. So lange, bis er fiel, was nach etwa einer halben Stunde der Fall war.

Geschafft! Olé! Zufrieden betrachtete Ernst sein Werk. Das Grab sah aus wie nach einem Bombeneinschlag. Eine Kraterlandschaft, deren Klüfte sich langsam mit Regenwasser füllten. Ernst tippte sich zum Gruß an die Stirn. Okay, Luggi, du Schwein! Bis nächste Woche dann. Bis dahin werden sie dein matschiges Wurmloch hoffentlich wieder hingekriegt haben. Dann steppt hier wieder der Bär! Verlass dich drauf ...

Kerstin Leppert

Wider Willen

Als ich am Samstagmorgen zum Briefkasten ging, um die Zeitung zu holen, wusste ich, dass er da gewesen war. Von den Blumen in den Tontöpfen ragten nur noch Stängel empor. Hyazinthen, Primeln, Narzissen, die Lieblingsblumen meiner Frau, lagen geköpft auf dem Boden. Ich kippte sie in den Müll, bevor Theresa sie entdeckte.

Zurück in der Wohnung, rauschte mir das Blut in den Ohren. Tief durchatmen und ruhig werden, sagte ich mir immer wieder. Theresa schlief zum Glück noch. Ich ging in die Küche. Presste Grapefruits aus, schob Brötchen in den Ofen, schlug Eier auf. Unter die Rühreier mengte ich Schnittlauch, dann bestrich ich warme Brötchen mit Krabbensalat. Als ich Tee eingoss, zitterte meine Hand immer noch.

Mit einer Hand balancierte ich das Tablett, mit der anderen öffnete ich leise die Schlafzimmertür. Schlafdunst schlug mir entgegen. Die Katze, die die ganze Nacht neben Theresa geschlafen hatte, sprang vom Bett und rannte an mir vorbei. Es zog mir die Brust zusammen, wenn ich Theresas Gesicht betrachtete, wie es aus Kissenbergen hervorlugte. Ihre kleine Nase, der leicht geöffnete Mund, von dem sich eine zarte Speichelspur zu ihrem Kinn zog. Mein Engel. Vorsichtig platzierte ich das Tablett auf dem Nachttisch, schlüpfte zu ihr ins Bett und schmiegte mich an ihren warmen Körper. »Guten Morgen, meine Schönste«, flüsterte ich, während sie sich langsam wach räkelte. So mochte ich sie am liebsten, zwischen Schlafen und Wachen, weich und nachgiebig von der Nacht. Diesen Moment vermisste ich am meisten: das morgendliche gemeinsame Aufwachen. Ich streichelte ihren Schenkel, vergrub die Nase in ihrem Haar. Stützte mich auf, beugte mich über sie und suchte ihren Mund, den sie vor mir versteckte.

»Erst Zähne putzen«, nuschelte sie und setzte sich gähnend auf.

»Frühstück ist fertig, Liebste.« Ich schob ihr die Kissen im Rücken zurecht. »Iss die Eier, bevor sie kalt werden.«

Sie nickte und biss in ein Krabbenbrötchen.

»Und du? Isst du gar nichts?«, fragte Theresa.

»Ich habe vorhin schon ein Brötchen gegessen«, log ich. Dass mein Bruder wieder aufgetaucht war, hatte mir den Appetit verdorben. Er hatte Blumen schon immer gehasst. Was ich als Kind gepflanzt hatte, riss er wieder aus.

Aber ich wollte ihr nichts davon erzählen. Außerdem sah ich ihr so gern beim Essen zu.

»Hast du denn gut geschlafen ohne mein Geschnarche?«, fragte ich.

Sie nickte. »Ganz gut eigentlich, bis auf diese Träume.«

Sie tat mir leid. »Ich hätte dich ja gern in den Arm genommen …«

Als ich das Tablett abräumte, knirschte ich mit den Zähnen. Natürlich war es mein Bruder gewesen, der sich in ihre Träume geschlichen hatte. Seine Anwesenheit in unserem Garten hatte das bewirkt. Theresa war so feinsinnig. Ich räumte die Küche auf und knallte das Geschirr in die Spülmaschine.

»Ist alles in Ordnung?« Sie stand vor mir und lächelte mich zuckersüß an. Unter ihrem Seidenkimono war sie nackt. Ich wusste, was das bedeutete. Sie wollte mich, endlich mal wieder.

»Natürlich, Liebste, alles bestens. Lies ein wenig Zeitung im Bett, bis ich bei dir bin.«

Ich sprang unter die Dusche und seifte mich gründlich ab. Ungewaschen mit ihr zu schlafen wäre mir nicht im Traum eingefallen. Als ich mich rasierte, hörte ich Theresa aufschreien. Im Nu war ich bei ihr. Sie hielt mir die Zeitung hin. Ich erstarrte. Auf dem Titelbild waren der Kanzlerin die Augen ausgestochen worden. Ich blätterte weiter. Auch auf den anderen Seiten waren die Gesichter verstümmelt. Aus leeren Höhlen starrten sie uns entgegen.

»Was soll das?«, fragte Theresa mit bebender Stimme. Ich nahm ihr die Zeitung aus den Händen und ließ sie zu Boden fallen.

»Keine Ahnung. Ein dummer Streich vielleicht. Mach dir keine Gedanken, wir kaufen nachher eine neue«, sagte ich.

Ahnte sie etwas? Ich durfte sie nicht beunruhigen. Ich legte mich zu ihr ins Bett, umarmte sie. Nach einigen Minuten wurde sie ruhiger. Sanft streichelte ich ihren Hals, die weiche Haut ihres Rückens, bevor ich sie küsste. Unsere Zungen umspielten einander in einem köstlichen langen Kuss. Voller Verlangen legte ich mich auf sie.

Später standen wir auf und zogen uns an. Immer wieder warf ich ihr verliebte Blicke zu, die sie nicht zu bemerken schien.

»Du bist so abwesend, Liebstes«, warf ich ihr scherzhaft vor.

Sie schüttelte den Kopf und schlug vor, ins Einkaufszentrum zu fahren. Doch als wir zu unserem Auto kamen, blieb Theresa abrupt stehen. Sie deutete auf den zerstochenen Reifen.

»Daniel!«, rief ich und schlug auf das Autodach.

Theresa warf mir mit gerunzelter Stirn einen Blick zu. Ich ging um den Wagen herum. Mein rechtes Augenlid zuckte. Alle vier Reifen waren kaputt.

»Es ist einfach nicht zu fassen!«, rief ich. »Dieser verfluchte Mistkerl!«

Theresa zögerte kurz, dann umarmte sie mich.

»Bitte nicht. Es soll nicht wieder losgehen«, flüsterte sie und legte den Kopf an meine Brust. Allmählich beruhigte sich mein Puls. Ich erzählte ihr von den Blumen. Sie stieß sich von mir ab.

»Wir brauchen Hilfe! Das kann so nicht weitergehen«, erklärte sie und sah mich eindringlich an.

Ich schüttelte den Kopf. »Nein, nein. Du hast nichts damit zu tun, ich kümmere mich darum. Mach dir keine Sorgen.«

Es war mir unangenehm, meine Frau da mit hineinzuziehen. Er war mein Bruder. Für seine Familie kann man nichts. Das ist angeborenes Schicksal.

Sie ließ die Schultern hängen, sah kläglich aus. Ich würde sie beschützen. Niemand durfte ihr etwas zuleide tun.

»Lass uns ein andermal bummeln gehen«, sagte ich. Meine Lippen waren taub, als hätte ich zu viel Eis gegessen.

In meinem Kopf war Watte. Als wäre ich nicht ganz bei mir. Wieso und seit wann war Daniel wieder draußen? Ich hatte ihm nie nahe gestanden. Er war immer der Abgedrehte von uns beiden gewesen und ich der Vernünftige. Nur als er mir damals Theresa vorstellte, seine neue Freundin, da hatte ich ihn verstanden. Hatte gesehen, was er in ihr sah. Und gewusst, dass Theresa mein Schicksal war. Es hatte auch nicht lange gedauert, bis sie merkte, dass ich die bessere Wahl war. Er machte es mir leicht. Raste besoffen und voll gepumpt mit Tabletten gegen einen Baum. Pech für ihn. Er hatte es nicht begreifen wollen, als sie ihn verließ. Hatte sie bedroht ... ich wollte nicht mehr dran denken. Es war schon so lange her. In der psychiatrischen Klinik war er gut aufgehoben. Ich zog sie an mich und strich ihr über die Haare. Ihre Schultern zuckten. Mein kleines Mädchen. Bestimmt würde ich jetzt auch wieder bei ihr schlafen dürfen.

»Schschsch ...«, flüsterte ich. »Es wird alles wieder gut, hab keine Angst, ich passe auf dich auf.«

Wir gingen wieder nach oben. Ich machte es uns im Wohnzimmer gemütlich. Zündete Kerzen an, legte Musik auf, packte Theresa in eine weiche Wolldecke ein und kochte ihr Kakao. Lulu lag schnurrend auf der Decke. Als ich sie beiseite schob, fauchte sie mich an.

»Soll ich dir den Nacken massieren, Liebste?«, fragte ich.

Theresa starrte gedankenverloren ins Leere. Als ich sie berührte, wich sie zurück.

»Nein, danke ... Aber es gibt etwas, über das wir reden müssen.«

Ich schüttelte den Kopf. »Nicht jetzt, Liebstes. Lass uns die alten Geschichten nicht wieder aufwärmen. Und wir sind uns doch vorhin wieder so nahe gekommen.«

Sie stellte ihre Tasse mit einem Klirren ab: »Es ist aber wichtig! Du musst ...«

Ich legte den Finger an die Lippen. Sie sah zu Boden und schwieg.

Das Telefon klingelte. Theresa wollte aufstehen, doch ich drückte sie sanft auf das Sofa zurück. Ich hasste Störungen am Wochenende und zog den Stecker heraus. Was gibt es so Wichtiges, das nicht bis Montag warten kann? Wir saßen auf dem Sofa und rührten uns nicht.

44

»Wollen wir einen Film sehen?«, fragte ich sie.

Theresa zuckte mit den Schultern. Ich suchte eine DVD mit einer romantischen Liebeskomödie heraus und legte sie in den Recorder. Irgendwo da draußen schlich Daniel herum, ich konnte seine Gegenwart spüren. Er kam immer näher. Was plante er als Nächstes? Theresa streichelte die Katze und starrte auf den Bildschirm. Ich genoss es, Theresa bei mir zu spüren, obwohl sie nervös wirkte. Ständig seufzte sie und fuhr sich durch die Haare. Ich wollte ihre Hand ergreifen, aber sie ließ mich nicht. Als der Film zu Ende war, stand ich auf, um Essen zu kochen.

»Lachs? Oder Hasenbraten?«, fragte ich. Sie blickte ins Leere. Ich beugte mich zu ihr hinüber und hauchte ihr einen Kuss auf die Wange.

»Na gut, dann entscheide ich, was auf den Tisch kommt«, sagte ich und stand auf. Die blöde Katze folgte mir.

Summend ging ich in der Küche auf und ab, als ich ein Geräusch im Flur hörte. Ich ließ den gespickten Hasenbraten auf dem Tisch liegen und rannte in den Flur. Theresa hatte ihren Mantel an. Sie steckte das Handy in die Tasche und errötete schuldbewusst.

»Theresa! Mit wem hast du gesprochen?«, fragte ich sie.

»Mit Doktor Neumeyer. Aber er kann nicht kommen.«

Ich schüttelte ärgerlich den Kopf. »Warum nur, Theresa? Was soll er denn machen?«

Sie antwortete nicht und schob sich an mir vorbei. Ich verstellte ihr den Weg.

»Was tust du denn? Daniel schleicht hier herum, und du willst in der Dunkelheit rausgehen!«, herrschte ich sie an und hielt sie fest. Mein verrücktes kleines Mädchen.

Sie brach in Tränen aus.

»Hey, was ist denn?«, fragte ich. Vielleicht war ich zu hart mit ihr gewesen.

»Daniel, Daniel!«, brach es aus ihr heraus. »Daniel ist seit fünf Jahren tot! Wann kapierst du das endlich?«

Ich schüttelte den Kopf. »Aber Liebstes, was redest du denn da … Du hast doch gesehen, was er getan hat. Komm, nun setz dich erst mal hin und trink ein Glas Wein.«

Sie schlug mir gegen die Brust. Ich hielt ihre Fäuste fest.

»Verdammt, ich kann nicht mehr!«, schrie sie. Ich musste wider Willen lächeln. Sie war so süß, wenn sie wütend war.

»Und wer soll die Reifen zerstochen haben? Die Blumen geköpft? Die Zeitung zerschnitten? Na, wer, wenn nicht Daniel?«, sagte ich triumphierend.

Sie wand sich in meinem Griff und schluchzte: »Lulu …«

Ich folgte ihrem Blick. Auf dem Boden lag Lulu und rührte sich nicht.

46

Wiete Lenk

Dreiecke und Kreise

Zatzschupeit hat von dir gesprochen«, sagt sie und sieht mich an. Mein linkes Augenlid zuckt. »Sicher nur Gutes«, sag ich und weiß, dass es nur Schlechtes gewesen sein kann. Sie antwortet nicht. Sie schiebt ihren Jackenärmel nach oben, um festzustellen, wie spät es ist. »Jedenfalls lässt er dich grüßen«, sagt sie. Ihre Stimme klingt heiser. Ich streiche über mein zuckendes Lid. Also grüßen lässt er mich, denke ich. Meint er, dass er sich in Erinnerung bringen muss? Sie hat es eilig. »Ich muss los«, sagt sie. »Ja«, sag ich. »Mach's gut ...« Ich zögere eine Sekunde und füge hinzu: »Bis demnächst mal wieder.« Sie nickt. Dann geht sie. Ich blicke ihr nach. Nein, denke ich, sie wird sich nicht nochmals umdrehen. Diese Sturheit hat sie vom Vater.

Zatzschupeit. Er war einige Jahre Lehrer an unserer Schule. Dann wurde er Direktor. *Herr Direktor Zatzschupeit.* Karrierebeflissen, glatt und glänzend. Ich hab ihn nicht ausstehen können. Von Anfang an. Wir haben nicht zusammengepasst. Er und ich. Ein Kreis und ein Dreieck. Kongruenz unmöglich.

Ich erinnere mich. Zatzschupeit liebte Kreise. Mit Kreisen veranschaulichte er seinen Unterricht. Kreise, die er an unsere Tafel zeichnete. Das Ei des Kolumbus, die Bauernkriege, Luthers Thesen, sämtliche Revolutionen. Für ihn schien sich alles im Kreis zu drehen.

Ich begegnete Zatzschupeits Kreisen mit Misstrauen. Ich mochte seine Kreistheorien nicht. Ich wählte Dreiecke, wenn ich etwas erläutern sollte, wenn mich Zatzschupeit an die Tafel rief, um mein Schülerwissen zu testen, wenn Bauernkriege, Luthers Thesen und sämtliche Revolutionen zur Sprache kamen. Meine Dreiecke gegen Zatzschupeits Kreise.

Solch eine Aufsässigkeit hatte Folgen. Zatzschupeit wäre nicht Zatzschupeit gewesen, hätte er nicht versucht, mir die Dreiecke auszutreiben. Als Lehrer standen ihm da mancherlei Mittel zur Verfügung. Ich stellte fest, dass er häufig nur mich zur Ordnung rief, wenn alle schwatzten. Dass er nur mich wegen irgendwelcher Lappalien nachsitzen ließ. Mich belegte er mit Tadeln und Ordnungseinträgen, wenn meine Unterlagen nicht vollständig oder meine Hausarbeiten nicht pünktlich zum Abgabetermin vorlagen. Außerdem konnte ich sicher sein, dass bei Klausuren in meinem Fall selbst der allerkleinste Betrugsversuch mit einer Sechs honoriert werden würde. Ich nahm es hin. Meine Noten in Geografie und Geschichte verschlechterten sich stetig. Zatzschupeit bestellte meine Eltern zur Aussprache. Die setzten besorgte Mienen auf und versuchten mir ins Gewissen zu reden. Ich habe die Sorgen meiner Eltern betrachtet, habe den Kopf gesenkt und reuevoll Besserung versprochen. Tatsächlich dachte ich nicht daran, mich zu bessern. Trotzig hielt ich an meinen Dreiecken fest. Und Zatzschupeit an seinen Schikanen.

Es waren jedoch nicht nur die Kreise, die meinen Widerwillen, meinen stoischen Trotz hervorriefen. Zatzschupeits Art, jene Kreise zu zeichnen, war es. Seine hinterhältige, perfide Art.

Ich erinnere mich. Es begann stets damit, dass Zatzschupeit, seinen Oberkörper hin und her wiegend, sich über das Kreidekästchen beugte, um nach einem besonders kleinen Kreidestück Ausschau zu halten. Er brauchte eine Weile dazu. Vorsorglich hatten wir in der Pause sämtliche Kreiderestchen entfernt. Fand er dann doch noch ein besonders winziges Stück, schnalzte er mit der Zunge, straffte den Oberkörper, hielt in seinen Bewegungen inne, drehte sich blitzschnell der Tafel zu und begann, Kreise zu zeichnen. Er umklammerte dabei das Kreidestück wie eine Kostbarkeit, krampfhaft bemüht, den weißen Winzling nicht fallen zu lassen.

Nun waren Zatzschupeits Fingernägel, im Gegensatz zu den Kreidchen, außergewöhnlich lang. Zu lang für einen, der Kreidekreise mit Kreidewinzlingen malt, dessen Ziel es ist, jedes noch so kleine Kreidestück aufzubrauchen. Zatzschupeit war wie besessen. Verkniffenen Mundes kratzte er Kreis um Kreis an die Tafel, kratzte große und kleine Kreise.

Jenes Kratzen klang schrecklich. Uns überlief eine Gänsehaut. Mit schmerzverzerrtem Gesicht hielten wir uns die Ohren zu und stöhnten vernehmlich. Manchmal pfiffen wir auch oder gaben verzweifelte Buhrufe von uns. Alles vergebens. Das Kratzen hielt an. Zatzschupeit legte ein Lächeln auf, schnalzte beglückt mit der Zunge und kratzte das Kreidchen zu Tode.

Dann drehte er sich der Klasse zu und stolzierte mit weit ausholenden Schritten durchs Zimmer. Wir duckten uns. Wir wussten, was kam. Gleich würde er einen von uns nach vorn an die Tafel rufen. Der hatte dann Zatzschupeits krude Kreistheorien zu repetieren. Ein Unterfangen, das fast immer in einem Fiasko endete und begreiflicherweise zu keiner guten Note beitrug.

Ich mochte auch seinen Namen nicht. *Zatzschupeit.* Wie konnte ein Direktor so heißen? Ich bin regelmäßig ins Stottern gekommen, wenn ich seinen Namen nennen, wenn ich bei Morgenappellen vollzähliges Antreten meiner Klasse melden musste. Meine Zunge weigerte sich, Zatzschupeits Namen fehlerfrei auszusprechen. Die vielen Sibilanten verlangten Konzentration. Mit rotem Kopf hab ich meine Meldung vor versammelter Schule wiederholen müssen. Das daraufhin einsetzende Gelächter der anderen hat mich in zornige Tränen ausbrechen lassen. Zatzschupeit genoss so etwas. Er straffte seinen Oberkörper, schnalzte mit der Zunge und legte ein Lächeln auf. Ich hasste ihn dafür, hasste sein Zungenschnalzen und sein Lächeln.

Zatzschupeit. Karrierebeflissen, glatt und glänzend. Zatzschupeit, dessen Nähe ich dennoch suchte. Dessen Wut ich dennoch stets neu schürte. Ich wusste genau, besonders in meinem Fall wurde Zatzschupeit schnell wütend. Er lief dann rot an, ruderte mit seinen Händen in der Luft herum und stieß in einem fort Laute aus, die nicht zu Worten wurden.

Es war eigenartig. Mit der Zeit, so schien es, bereiteten mir Zatzschupeits Wutausbrüche mehr und mehr Behagen. Ich drängte zu immer neuen Provokationen, war zu immer neuen Boshaftigkeiten bereit. Um anschließend Zatzschupeits Entgleisung genießen zu können. Ein Teufelskreis.

Ich weiß nicht, was daraus noch geworden wäre, hätte man Zatzschupeit nicht ins Regionalschulamt abberufen. Der Posten eines Verwaltungsreferenten war seit langem vakant. Zatzschupeits Karriere schien sich also fortzusetzen.

Es war vor zwei Monaten, als ich in meiner alten Schule gewesen bin. Ein Kundenauftrag hatte mich in ihre Nähe geführt. Ich war eine Stunde zu früh und hab mir die Beine vertreten. Die Tür der Schule hat offen gestanden. Auf den Gängen war keine Menschenseele zu sehen. Ich hab mich an den Geruch von Bohnerwachs erinnert und an die Sansevierias, die damals auf den abgeblätterten Fensterbrettern gestanden haben. Ich bin die Treppe hinaufgegangen. Unser Klassenzimmer befand sich im ersten Stock. Der Putzfrau, die mich neugierig musterte, hab ich gesagt, dass ich Vertreter für Tafelkreiden wäre. Dass ich die hiesigen Tafeln testen müsse. Um geeignete Kreidesorten auswählen zu können. Sie hat ungläubig meine Tasche beäugt und achselzuckend den Raum verlassen. Ich bin nach vorn gegangen und habe mich über das Kreidekästchen gebeugt. Sorgsam habe ich alle Kreidchen entfernt. Bis auf eines. Das hab ich umklammert, hab meinen Oberkörper gestrafft und mit der Zunge geschnalzt, hab mich zur Tafel gedreht und begonnen, Dreiecke zu zeichnen. Große und kleine Dreiecke.

Wieso hat sie gesagt, dass er mich grüßen lässt, denke ich. Nie im Leben hätte er das getan. *Nie im Leben*. Ich muss schlucken. Die Telefonzelle ist gleich in der Nähe. Sie meldet sich. Spricht diesen Namen ohne Stocken aus und wartet, dass ich den meinen nenne. Ich zögere. »Hallo«, ruft sie. Dann nochmals »Hallo?«. Ich lege den Hörer auf. Zatzschupeit, denke ich.
Herr Direktor Zatzschupeit. Dessen Kreise ich hasste und dessen Tochter ich liebte. Vor vielen Jahren.

Bernhard Horwatitsch

Meine Frau ist beim Einkaufen

Meine Frau ist beim Einkaufen. Ich knöpfe gerade meine Hose zu, als es an der Tür klingelt. Drei Gedanken schießen mir nacheinander durch den Kopf: Elke hat den Schlüssel vergessen, was ein Glück ist, und das war knapp. Aber jetzt steht Stanjec vor mir. Auf seiner Glatze sehe ich Schweißperlen. Es ist ein heißer Freitagnachmittag. Ich fahre mir durch die Haare und wische die Hand, bevor ich sie Stanjec entgegenstrecke, noch am Hosenbein ab. Stanjec nickt und hält mir das Repetiergewehr vor die Brust. »Und jetzt?«, frage ich ihn, denke an meine Frau dabei. Wenn sie jetzt käme, wäre das mindestens so unangenehm wie vor fünf Minuten. Ich weiß nicht, wie Elke reagieren würde, wenn sie Stanjec hier sähe. Sie hasst ihn. Er hat sie angemacht. Zumindest hat sie mir das erzählt. Im Treppenhaus hat er sich ihr in den Weg gestellt, und sie musste sich an ihm vorbeizwängen. Sie hat es gespürt, ganz deutlich. Vielleicht bildet sich meine Frau das auch ein. Bei mir spürt sie ja nichts mehr. Schon lange nicht mehr. Vielleicht hätte sie ja ganz gerne was mit Stanjec, trotz seiner Glatze und dem Bauchansatz. Manche Frauen finden Männer mit Glatze attraktiv. Ich weiß nicht, ob Elke darauf steht. Jedenfalls behauptet sie, ihn zu hassen. Ich hasse meine Frau sicher nicht. Aber wenn sie jetzt käme, in diesem Augenblick, und sähe, wie Stanjec mich in die Wohnung schiebt?

Wir setzen uns an den Küchentisch. Ich schäme mich etwas gegenüber Stanjec, wegen des Milchflecks auf der blauen Tischdecke. Stanjec legt das Gewehr direkt daneben und hält mir einen Zettel unter die Nase.

»Was soll das?«, fragt er und wedelt mit dem Zettel. Was soll das, denke ich. Ich stelle mir vor, schneller als er zu reagieren. Dann käme meine Frau und sähe Stanjec oder was von ihm übrig wäre. Dann würde sie auch bei ihm nichts mehr spüren.

Ich zucke mit den Schultern, lehne mich zurück.

»Keine Antwort ist auch 'ne Antwort. Dann warten wir so lange, bis dir was einfällt, du Arschloch.«

Es war vorgestern, als ich beobachtete, dass Dr. Reinhard – unser Vermieter – bei Stanjec war. Und dann hatte ich diese Idee gehabt, einfach so. Das hatte nichts mit Dr. Reinhard zu tun. Ich habe Stanjec nur brüllen gehört, so, wie er oft brüllt, ins Treppenhaus hineinbrüllt. Dr. Reinhard hatte zurückgebrüllt. Das war alles. Was sie brüllten, habe ich nicht richtig verstanden. Stanjec ist Hausmeister und beschwert sich ständig. Er findet jedes Bonbonpapier und jeden ausgetretenen Zigarettenstummel im Hausgang. Die Zigarettenstummel sind meistens von mir. Ich mache das absichtlich und beobachte Stanjec gerne durch den Spion. Es ist nicht, weil ich viel Zeit habe, seit ich arbeitslos bin, es ist etwas anderes. Vielleicht, weil meine Frau was gespürt hat, keine Ahnung.

»Mach endlich dein Maul auf.«

Jetzt habe ich tatsächlich diese komische Vorstellung, ihm in die Nase zu beißen, kräftig, bis ich es knacken höre, bis sie durch ist. Einmal habe ich Elke ins Ohrläppchen gebissen, als sie noch was spürte. Es musste wieder angenäht werden.

Der Milchfleck hat sich ein wenig Richtung Gewehrlauf bewegt.

»Fass das Teil an, und ich puste dich um, du Wichser.«

Stanjec hält mir wieder den Zettel unter die Nase. Ja doch, denke ich. Das ist schon meine Schrift, das habe ich geschrieben.

»Kein Problem«, sage ich, da ist das Türschloss zu hören. Stanjec nimmt das Gewehr vom Tisch. Ich drehe mich um und sehe meine Frau. Sie hält in beiden Händen Aldütüten.

»Ist was mit dem Fiat?«, frage ich sie. Sie schüttelt den Kopf. Sie hat einen Parkplatz gefunden, gleich vor dem Haus.

Dann klingelt im selben Augenblick das Telefon. Niemand sagt jetzt etwas. Ich komme mir ein bisschen wie im Theater vor. Beinahe muss ich grinsen. Wenn er uns jetzt beide erschießt? Ich muss mir wirklich das Lachen verkneifen, sehe wieder zu Stanjec, der das Gewehr gerade ganz langsam auf den Küchentisch legt, mitten auf den Milchfleck, der jetzt nicht mehr zu sehen ist. Irgendwie schade, denke ich, und gleichzeitig denke ich mit meiner Frau im Nacken, ich hätte den Fleck wegwischen sollen.

»Was soll das, Goran?«, höre ich meine Frau.

»Dein feiner Mann schreibt gerne Zettel und wichst darauf.«

Jetzt muss ich aber doch lachen, kann mich nicht mehr beherrschen und spüre darauf einen Schlag.

»Das Lachen wird dir schon noch vergehen, wenn ich mit dir fertig bin.«

»Lass doch den Unsinn«, höre ich meine Frau und weiß nicht, ob sie damit mein Lachen meint oder Stanjec beziehungsweise Goran, wie ich jetzt weiß. Ich drehe mich zu ihr. Sie stellt die Tüten auf den Boden.

»Du blutest«, sagt sie. Tatsächlich spüre ich etwas aus der Nase laufen und sehe, wie etwas auf den Boden tropft. Der beige Boden sprenkelt sich. Das Ganze ist doch lächerlich. Ich würde jetzt gerne aufstehen und gehen, aber ich weiß nicht, wohin.

»Na? Findest du das noch lustig?«

»Bitte, Goran, was soll denn das?«

Über diesen Dialog der beiden muss ich schon wieder lachen und auch über den versauten Küchenboden.

Jetzt habe ich Stanjecs Gesicht direkt vor mir. Goran, denke ich.

»Hör auf mit dem Gelächter.« Stanjec hat etwas Mundgeruch, nicht schlimm, aber doch zu riechen.

»Goran, bitte.« Wie meine Frau aus dem Mund riecht, weiß ich nicht mehr. Ich glaube, sie riecht nicht aus dem Mund.

Stanjec lässt meine Haare wieder los. Er hat ja keine eigenen, denke ich. Sicher ärgert ihn das. Ich habe mir schon mal überlegt, meine Haare abzuschneiden, hatte aber dann doch keine Lust dazu. Wozu auch.

»Was soll denn das Gewehr? Was hast du vor?«

»Vielleicht sollte ich deinem feinen Ehemann das Hirn rauspusten.«

»Goran!«

»Die Eier wegzuschießen lohnt sich bei diesem Wichser ja nicht mehr.«

Meine Frau setzt sich nun auch an den Küchentisch, neben Stanjec, mir gegenüber. Vielleicht sollte ich jetzt Kaffee kochen. Ich könnte auch ein Bier vertragen. Ich habe Lust auf ein kühles Bier.

»Willst du ein Bier?«, frage ich Stanjec.

»Was?«, fragt er.

»Bier«, wiederhole ich.

»Ich hab dich schon verstanden, du Wichser«, sagt er und sieht meine Frau an.

Elke steht auf.

Während er aus der Flasche trinkt, lässt er mich nicht aus den Augen. Seine freie Hand liegt auf dem Gewehr, nahe am Abzug. Stanjec kaut Nägel. Ich sehe meine Hände an. Sie sind zart und weiblich, richtig feminin. Meine Hände haben Elke mal gefallen. Elke hat ganz lange, dünne Finger. Ich stelle mir vor, wie ihre Finger Stanjecs Schwanz umgreifen. Die Vorstellung erregt mich.

Stanjec schwitzt. Eine Schweißspur läuft von seiner Kopfhaut herunter über den Jochbeinbogen. Ich stelle mir vor, wie er sie fickt und ganz kräftig schwitzt dabei. Ich würde mir jetzt gerne selber an den Schwanz greifen.

»Was machen wir jetzt mit ihm?«

»Nichts, Goran. Du gehst nach Hause. Das ist doch Unsinn.«

»Du ..., wie lange willst du diesen Schlappschwanz noch mitschleifen?«

»Goran, bitte.«

Dann habe ich diese Idee. So Sachen kommen mir ganz plötzlich, ohne Zusammenhang. Meistens bleibt es bei der Idee, aber in letzter Zeit wird der Drang, meine Ideen auszuführen, immer stärker. Vielleicht hängt das ja doch mit meiner Arbeitslosigkeit zusammen. Ich bin über diese Arbeitslosigkeit gar nicht beunruhigt. Es gefällt mir, den ganzen Tag in der Wohnung rumzuhängen, in die Glotze zu starren, vor mich hinzudösen. Mich nervt es, wenn Elke nach Hause kommt. In letzter Zeit verspätet sie sich oft. Ich muss wieder lachen.

»Sag mal, du Arschloch, bist du nicht ganz richtig im Kopf? Was lachst du eigentlich ständig?«

Ich zucke mit den Schultern.

»Hör doch auf zu lachen, Thomas.« Ich sehe meine Frau an. Sie sieht eigentlich noch ganz gut aus und wirkt auf Männer. Ich frage mich, warum ich sie nicht mehr anziehend finde, und beuge mich etwas vor.

Ich bin in solchen Sachen eigentlich nicht geübt und wundere mich über mich selbst.

Anschließend lege ich das Gewehr zurück auf den Tisch und muss wieder lachen, nehme Stanjecs Bier und trinke den Rest aus.

Dann hole ich mir noch ein frisches aus dem Kühlschrank und schalte die Glotze an. Es läuft gerade eine dieser bescheuerten Gerichtssendungen. Ich könnte auch den Fiat nehmen und irgendwo hinfahren. Aber wohin? Außerdem genieße ich den Schwall sinnloser Worte, der da aus dem Apparat quillt.

Einen Augenblick überlege ich, den Milchfleck noch wegzuwischen. Aber ich will nicht mehr in die Küche zurück.

Gabriele Scholtz

Rendezvous mit Papa

Die Mutter steht in der Küchentür. An ihren Händen klebt Kloßteig. Sie trägt das dunkelblaue, weiß gepunktete Sonntagskleid und darüber eine verwaschene Küchenschürze.

Ist das dein Ernst?

Ja, warum denn nicht? Ich habe dem Kind schon lange versprochen, mit ihr ins Schwimmbad zu gehen.

Aber es ist doch noch viel zu früh. Das Wasser ist bestimmt ganz kalt. Und den Braten habe ich auch schon so weit fertig. Er muss nur noch in den Backofen.

Zum Glück lässt sich der Vater nicht beirren, sondern greift entschlossen nach der blauen Schwimmbadtasche. Hol deinen Badeanzug, und dann geht's los. Wir sind pünktlich zum Mittagessen zurück.

Mit Papa allein ins Schwimmbad!

Marie sieht ihren Vater selten, und fast nie hat sie ihn für sich allein, denn oft ist er »im Manöver«. Was das genau bedeutet, weiß sie nicht, nur dass er jedes Mal unendlich lange fort bleibt, so lange, dass sie ihn sogar einmal – da war sie aber noch klein – bei seiner Rückkehr nicht wiedererkannte. Als er in Uniform und Stiefeln in der Haustür stand, klammerte sie sich ängstlich am Rock der Mutter fest und war nicht dazu zu bewegen, sich von dem fremden Mann auf den Arm nehmen zu lassen. Er war damals sehr ärgerlich geworden und hatte laut geschimpft.

Jetzt überqueren sie die kaum befahrene Dorfstraße, die an ihrer Siedlung vorbeiführt, und gelangen auf einen schmalen Weg. Er schlängelt sich durch die Wiese bis hin zum Waldrand, wo das Schwimmbad liegt. Während sie den festgetretenen Pfad entlanggehen, erinnert sie sich an das letzte Mal, als sie mit ihrem Vater allein war. Sie wollten im nahen Wald Pilze sammeln, und obwohl sie keine fanden, denkt sie gern an diesen Tag zurück. Der schattige Waldweg. Papa, wie er mit großen Schritten neben ihr ausschreitet, mit seiner ausgebeulten braunen Cordhose, die sie viel lieber mag als seine Uniform. Seine freundliche Stimme, seine lächelnden Augen. Sie beide allein in der grünen Stille. Sie könnte für immer so laufen. Alles ist gut.

Heute gehen sie im Morgensonnenschein nebeneinander. Seine rechte Hand hält ihre, und mit der linken schwingt er die Plastiktasche gut gelaunt hin und her.

Bald sind sie am Ziel. Der Vater zahlt am Kassenhäuschen, sie gehen ein Stück am Maschendrahtzaun entlang und bleiben bei dem alten Flachbau mit den Umkleidekabinen stehen. Von hier aus können sie das Schwimmbad überblicken. Links vor ihnen liegt das kleine Nichtschwimmer mit dem Planschbecken, geradeaus, dort wo der Rasen leicht ansteigt, ragt der weiße Sprungturm des tiefen Schwimmer in den blauen Himmel. Das Bad wirkt verlassen. Aus dem Gras leuchten weiß die kleinen Punkte der geschlossenen Gänseblümchenköpfe hervor. Vereinzelte bunte Handtücher deuten darauf hin, dass sich einige Badegäste im Wasser aufhalten.

Wenn sie mit ihrer Mutter und ihrem kleinen Bruder hier ist, bietet sich ein völlig anderes Bild. Das Schwimmbad ist jedes Mal voller Menschen. Auf der Suche nach einem Fleckchen Rasen für ihre Decke müssen sie aufpassen, nicht auf fremde Handtücher, herumliegende Bälle oder ausgestreckte Beine zu treten. Kinder rennen im Slalom um Decken herum. Sie mag die Hintergrundmusik der schreienden, lachenden Kinder und ihrer Mütter, die ihnen etwas zurufen. Sie genießt die warme Luft, die sie umhüllt und nach Kokossonnenmilch duftet.

Heute jedoch ist es ganz still.

Zieh dich um. Ich warte hier vor der Kabine auf dich. In dem engen Raum mit dem unangenehm feuchten Boden zieht sie ihren Badeanzug an, den gelben mit den kleinen Katzenköpfen. Stolz sieht sie an sich hinunter.

Als sie mit ihrem Vater über den Rasen geht, fühlt sie das Gras feucht und kühl an ihren Füßen. Die frische Morgenluft überzieht ihre nackten Arme und Beine mit einer Gänsehaut. Aber das stört sie nicht. Die Sonne wird sie schon noch wärmen. Langsam schlendern sie die leichte Anhöhe hinauf, auf das große Schwimmbecken zu. Papa, ich will nicht ins Tiefe, ich kann doch noch nicht schwimmen. Das lernst du, wenn du in die Schule kommst, hat ihre Mutter gesagt. Es dauert ja nicht mehr lange.

Doch der Vater hört sie nicht, denn einige Meter vor ihnen ist eine Gestalt aufgetaucht. Sie läuft heftig winkend auf sie zu. Die schlanke blonde Frau im roten Badeanzug ähnelt ihrer Mutter. Als sie näher kommt, wirkt sie jedoch eher wie ein großes Mädchen. Ihr Vater winkt zurück und geht der jungen Frau lächelnd entgegen. Marie folgt ihm.

Das ist Lucy, meine Sekretärin. Wir arbeiten zusammen in der Kaserne. Und das ist mein Töchterchen.

Wie heißt du denn?

Sie heißt Marie. Sie ist am Anfang immer ein bisschen schüchtern. Die Fremde sieht sie neugierig an. Was hast du denn da für einen schönen Badeanzug an? Ah, mit Katzenköpfen, wie goldig! Hübsch, deine Tochter. Danke. Ich springe mal vom Zehner.

Ohne eine Antwort abzuwarten, läuft ihr Vater zum Sprungturm und klettert eilig die Stufen hinauf. Ganz vorn auf dem Brett bleibt er stehen. Er sieht wie eine winzige Spielfigur aus. Von da oben herunterzuspringen ist bestimmt gefährlich. Nicht, Papa! Doch der Vater streckt die Arme nach vorne aus, springt hoch, noch einmal, das Brett wippt, der Vater rollt sich in der Luft zusammen, dann streckt sich sein Körper nach unten und ist verschwunden. Marie läuft zum Beckenrand, da taucht sein Kopf schon aus dem Wasser auf. Der Vater lacht und prustet einen Wasserstrahl in die Luft. Die Frau hat sich neben sie gestellt und klatscht begeistert Beifall. Toll, ganz toll. Ich würde mich das nicht trauen. Schwungvoll klettert der Vater aus dem Becken. Er sieht seine Tochter an. Kleines, geh schon mal vor ins Planschbecken. Wir Großen müssen kurz etwas besprechen, das du noch nicht verstehst. Ich komme gleich nach.

Folgsam trottet sie über den weiten Rasen zum Nichtschwimmerbecken. Es ist leer. Keine Kinder toben und schreien wie sonst, eine ungewohnte Stille herrscht auch hier. Vorsichtig streckt sie den rechten Fuß ins Wasser. Eiskalt, unvorstellbar, da ganz einzutauchen. Lieber legt sie sich bäuchlings auf die rauen Steinplatten, die das Becken umsäumen. Sie breitet ihre Arme aus, die Wärme des Steins strömt in ihren Körper, und sie schließt die Augen.

Wer ist diese Frau? Papa ist doch Soldat. Deshalb trägt er immer eine Uniform, wenn er nach Hause kommt. Und schwarze Stiefel. Schon oft hat sie ihrer Mutter geholfen, seine Stiefel blankzupolieren. Sie müssen glänzen, hat Mama gesagt. Sonst wird Papa böse. Mit der harten Bürste immer wieder über das glatte Leder streichen. So fest sie kann, bis es richtig glänzt. Man muss sich darin spiegeln können. Sie liebt das Geräusch, wenn die Bürste über das Leder wischt. Haben Soldaten Sekretärinnen? Wozu? Die lernen doch, wie man schießt, und solche Sachen. Wem sollten sie Briefe schreiben? Aber Papa lügt doch nicht! Wieso ist diese Frau plötzlich da? Sie soll wieder verschwinden. Und Papa soll endlich kommen.

Komm, Marie, es ist Zeit. Mama hat bestimmt schon das Essen fertig. In blauen Shorts und weißem T-Shirt steht ihr Vater über ihr und hält ihr das Kleid hin. Zieh es einfach über. Das geht schneller. Sie gehorcht. Du bist ein braves Mädchen. Er klingt zufrieden.

Den kurzen Heimweg legen sie fast im Laufschritt zurück. Als ihr Vater an der Haustür klingelt, öffnet die Mutter sofort. Na endlich. Bratenduft durchzieht die Wohnung. Aus dem Kinderzimmer klingt die hohe Stimme ihres Bruders, der ein Kinderlied zur Kassette singt. Die Mutter sieht ihre Tochter fragend an.

Wie war's im Schwimmbad?

Schön.

Schnell drückt sie sich an ihrer Mutter vorbei und verschwindet im Badezimmer.

Torsten Schunk

Ein Haufen Steine

Es war noch dunkel, als das Telefon klingelte. Ich nahm meine Uhr vom Nachttisch und hielt sie mir dicht vor die Nase. Als ich die Zeiger erkannte, war es Viertel vor fünf. Ich hätte meinen Hintern verwettet, dass es Marielle war, meine Ex. Ich sah, wie sie am anderen Ende der Leitung über dem Hörer hockte mit Augen wie Eispfützen und einem Mund, der dünn war wie ein Strich. Seit drei Monaten hinkte ich mit den Unterhaltszahlungen hinterher, was mir die Schikane von einem halben Dutzend Anrufen pro Tag einbrachte. Das Klingeln machte mich ganz kirre. Ich grübelte, was ich ihr ins Ohr brüllen könnte, während ich mich aus dem Deckbett schälte und an der Wand entlang Richtung Flur tastete. Als ich abnahm, meldete sich eine Stimme aus dem Sankt-Marien-Hospital. Mein Vater läge seit gestern mit einem Schlaganfall auf der Intensivstation, und der Oberarzt wünsche meine Anwesenheit.

Ich legte auf, ging in die Küche und aß das Capresen-Sandwich vom Vorabend. Ich überlegte, wann ich meinen Vater das letzte Mal gesehen hatte. Mir fiel die Beerdigung meiner Mutter ein, vor anderthalb Jahren, als wir getrennt durch einen leeren Stuhl vor ihrem Sarg saßen, während der Pfarrer seine Rede hielt. Ehrlich, es war mir ziemlich egal, was mit meinem Alten war. Also trank ich einen tetraverpackten Schluck Herault Rouge, ging zurück ins Schlafzimmer und haute mich wieder aufs Ohr.

Am Abend fuhr ich dann doch zum Krankenhaus. Ich hatte mir vorgenommen, die alten Geschichten ruhen zu lassen. Aber jetzt, als ich sein Zimmer betrat, meldete sich derselbe Zorn zurück, den ich seit Jahren für ihn empfand. Er lag da wie ein komatöses Tier, das das Ende seines Winterschlafes verpasst hatte und zu verhungern drohte. Seine Arme waren dürr wie Trommelschlegel, seine Augäpfel lagen geschwollen unter bläulichen Lidern, und sein Hals erinnerte mich an ein Gerüst aus Trossen, um das man Pergament gespannt hatte. Ich blieb zu seinen Füßen stehen und starrte auf den honigfarbenen Schlauch, der, an einer Kanüle befestigt, aus seinem Hals kroch und sich wie eine Sandviper über das Deckbett schlängelte. Auf einem der Monitore über seinem Bett blinkte eine grüne Achtundfünfzig, dahinter, an einem Stativ, hingen Inhalationsschläuche und Infusionsflaschen. Mein Blick fiel auf einen Stuhl neben seinem Bett. Ich hatte noch keinen Gedanken daran verschwendet, wie lange ich bleiben wollte. Ich dachte, wenn ich mich hinsetzte, käme es einer Entscheidung gleich.

Ich erinnerte mich an die Ereignisse vor vier Jahren. Es war Sommer, ein Samstag im August. Wir saßen am Speichersee und angelten. Nur er und ich, Vater und Sohn, so wie damals, als ich noch klein war und er mir das Angeln beigebracht hatte. Ich hatte alles genau vor Augen: sein aknenarbiges Gesicht, das aussah wie ein ramponierter Traktorreifen, die verbeulte Nase und den Specknacken. Er trug seine Feldhose und den olivgrünen Militärparka mit den Schulterstücken, obwohl es draußen fast dreißig Grad hatte. Wir tranken Bier, und er redete über irgendetwas, bis er eine Pause machte und den Kreditvertrag ins Spiel brachte. Er wollte einen Gebrauchtwagenhandel für amerikanische Limousinen eröffnen: Dodges, Buicks, Chevys, Pontiacs – all diese Schlitten eben. Er bräuchte 420 000, was so weit kein Problem wäre, gäbe es einen Bürgen. Ich hätte auch ohne das Bier unterschrieben. Ich meine, er war mein Vater! Eine Woche später pachtete er ein Stück Gewerbegebiet und ließ in der Mitte des Platzes einen Mast aufstellen. Von dessen Spitze spannte er Stahldrähte mit silberblauen Plastikwimpeln, die über den Limousinen im Wind knatterten. Am Tag der Eröffnung gab er mir die Schlüssel für einen Sechszylinder-Aspen mit 3,7 Litern Hubraum und Effektlackierung. Er ließ mich eine Finanzierung über zehn Jahre unterschreiben, in kleinen Monatsraten, und weil ich sein erster Kunde war, stand eine angeschnallte Flasche Veuve Monsigny auf dem Rücksitz.

Ein halbes Jahr darauf lernte ich Marielle kennen. Sie war fünfundzwanzig, und es dauerte keine drei Monate, bis sie schwanger wurde.

Es war in etwa der Zeitpunkt, als alles anfing, den Bach runter-
zugehen. Ich meine, ich war nie ein Krösus. Aber ich hatte wenigstens
Spaß daran, Geld zu verdienen. Ehrlich, für Geld war ich bereit, so
ziemlich alles zu tun. Ich hatte Straßen gepflastert, Fahrkarten für die
städtischen Verkehrsbetriebe kontrolliert und vermögenswirksame
Leistungen verkauft, ich war Testperson für Blutdruck- und Lipid-
senker gewesen und Verpacker von Pappkartons. Aber seit ich die
Schulden meines Vaters an der Backe hatte, fehlte mir jede Lust. Ich
war abgefingert, das Wort Perspektive klang für mich wie ein Begriff
aus dem interstellaren Raum. In meinen Adern oszillierte ein ge-
panschtes Weißweinkastrat, meine Boxershorts rochen nach zu lange
gelagerten Kalbsmedaillons, und vom Rumhängen auf der Couch
hatte ich einen Teint wie eine frisch geschälte Sitkafichte.

Eine Schwester kam herein. Sie trat ans Bett, kontrollierte den
Tropf und begann eine Spritze aufzuziehen. Ich beobachtete, wie sie
lautlos die Lippen bewegte, während sie die Einheiten zählte. Dann
drückte sie die Arznei in den Venenkatheter. Als sie fertig war, legte
sie die Spritze in eine Nierenschale und sah mich an. »Der Oberarzt
macht gerade seine Runde. Er wird Ihnen alle Fragen beantworten«,
sagte sie und ging ab.

Die Dämmerung kroch ins Zimmer. Ich ging ans Fenster und erkannte ein Paar, das vor einem Trafohäuschen stand und rauchte. Am
Himmel baumelten winzige Wolken. Ich nahm ein Meditationsbuch
aus der Fensterbank und schlug es auf. Ich las: »Unaufrichtigkeit ist
die anstrengendste Sache der Welt. Heute nehme ich mir vor, meine
Achtsamkeit auf meine Aufrichtigkeit zu lenken.« Auf der nächsten
Seite stand ein Aphorismus von Antoine de Saint-Exupéry: »Ein Haufen Steine hört in dem Augenblick auf, ein Haufen Steine zu sein, wo
ein Mensch ihn betrachtet und eine Kathedrale darin sieht.« Wie ein
Vorleser trat ich an das Bett meines Vaters und wiederholte es. Ich
blickte auf seine Brust, die sich im Takt der Maschine hob und wieder
senkte. Ich musste an den Tag denken, an dem der Brief von seiner
Bank gekommen war, an jenes flatterige Gefühl in meinem Magen,
als ich das Kuvert öffnete und die Zeilen überflog, und wie ich in

den Plymouth stieg und raus ins Gewerbegebiet raste und die Tür zu seinem Büro aufstieß. Ich hatte Lust, ihn zu packen und gegen die Containerwand zu rammen. Ich schrie: »Du hast seit Monaten keine Rate bezahlt, und jetzt wollen sie das Geld von mir. 390 000!« Ich hatte ihm den Brief unter die Nase gerieben, doch er hatte nur mit den Achseln gezuckt und Hasenaugen gemacht, als hätte er ein reines Herz.

Ich beugte mich über ihn, klopfte gegen seine Stirn wie an eine Tür und wartete einen Moment. Dann schob ich sein linkes Augenlid zurück. Sein Blick war wässrig und kalt wie ein ausgeschaltetes Display. Ich flüsterte: »Du bist nur ein Haufen Steine. Hörst du? Für mich bist du nur ein Haufen Steine.« Jemand räusperte sich. Ich richtete mich auf, schlug das Buch zu und blickte dem Oberarzt in die Augen. Er war ein Mann um die fünfzig mit einem kantigen Schädel und kurz geschorenen grauen Haaren. Über seiner Bluejeans trug er einen weißen Kittel, die Ärmel waren bis zu den Ellenbeugen hochgekrempelt und gaben zwei keulenähnliche, braun gebrannte Arme frei wie von einem Tennisspieler. Wir schüttelten uns die Hände.

Ich fragte: »Es sieht nicht gut aus, nein?«

Der Arzt zog die Stirn kraus, und dann begann er über Thrombosen und Embolien, den Verschluss von Hauptarterien und die Behandlung mit Thrombolytikum zu dozieren. Als er fertig war, fasste er mich an der Schulter, streckte den Arm aus und zeigte wie ein Stadtführer auf meinen Vater. »Er wird nie wieder eigenständig atmen können. Seine Nieren sind in einem desolaten Zustand, von seiner Leber ganz zu schweigen.« Er ließ mich los, während sein Blick mich fixierte. »Es tut mir leid, aber Ihr Vater steht an der Grenze zum Tod.«

Ich versuchte seinem Blick standzuhalten. Ich hörte all die Geräusche, die aus dem Flur ins Zimmer drangen: das Schlagen einer Schranktür, die quietschenden Räder eines Teewagens und das Stakkato eines Schuhpaares.

»So plötzlich« sagte ich und machte ein betroffenes Gesicht, als hätte ich meinen Vater erst gestern gesehen, als alles mit ihm noch gut war. Der Arzt nickte. Dann löste er sich von seinem Platz und ging zum Fußende des Bettes. Er holte einen Hängeordner aus einer Vorrichtung, die ans Bettgestell montiert war, und blätterte darin. »In seinen Dokumenten lag diese Patientenverfügung. Ihr Vater hat Sie als Bevollmächtigten eingetragen. Sie allein entscheiden über die weiteren medizinischen Maßnahmen, die wir an ihm treffen.«

Er reichte mir das Formular. Ich las, während der Arzt die Hände auf dem Rücken verschränkte und auf seinen Fußballen auf und ab wippte. »Der Körper, die Maschine arbeitet noch«, sagte er. »Wir ernähren ihn künstlich durch eine Sonde.« Er zeigte auf einen durchsichtigen Schlauch, der in die Nase meines Vaters führte. »Alle paar Stunden müssen seine Blase und sein Darm entleert werden. Ein oder zwei Tage noch, und er muss regelmäßig an die Dialyse. Seine Muskeln werden sukzessive verkümmern, und seine Gliedmaßen verkrampfen wie bei einem apallischen Syndrom. Mit jeder Stunde, die wir ihn künstlich am Leben erhalten, wird er mehr leiden.« Seine Stimme klang, als wolle er mir etwas einflößen. Ich hob den Kopf und musterte das Gesicht des Arztes. Und dann, als hätte ich eine Witterung aufgenommen, als wäre ein winziges Korn Erkenntnis auf dem Weg zu mir, so schnell wie ein Molekül, das mit Lichtgeschwindigkeit raste, hatte ich das Gefühl, genau zu wissen, was zu tun war. Ich sah alles ganz scharf, jede Falte im Gesicht des Arztes, die Stoffmaserung seines Kittels, die Fingerabdrücke auf dem Chromgestänge seines Stethoskops.

Ich sah zu meinem Vater. Ich tätschelte mit dem Handrücken seine Schulter. »Er ist ein Kämpfer«, sagte ich. »Er hätte um jeden Atemzug gekämpft. So war er. Was sag ich: So ist er. Stimmt's?« Ich starrte ihn an, als würde ich auf ein Nicken von ihm warten, und dann blickte ich den Arzt an und sagte: »Machen Sie alles, was nötig ist!« Ich spürte das Klopfen in meinem Hals. »Wie Sie meinen«, erwiderte der Arzt, schob den Hängeordner zurück ins Gestell und verließ wortlos das Zimmer.

Ich blickte ihm nach, auch als er schon weg war. Dann fühlte ich das Buch in meiner Hand. Ich schlug es auf und setzte mich auf den Stuhl neben dem Bett meines Vaters. Ich musste wieder an den Nachmittag am Speichersee denken und daran, wie wir gemeinsam Barsche enthäutet und als Köder an unseren Haken befestigt hatten. Ich sah, wie die Blinker unserer Angeln nebeneinander auf dem Wasser hüpften, während wir auf unseren Campingstühlen saßen und warteten. Ich legte meine Hand auf das Buch und sah zu meinem Vater. Ich fing an ihn zu betrachten, als würde ich etwas Bestimmtes suchen. Nichts Großes, keine Kathedrale oder so, nur etwas Solides. Und ich wusste, dass ich noch genug Zeit hatte, um fündig zu werden.

Anette Lang

Auf Straßburg ist geschissen

Aha, die Freundinnen, denke ich, als Sibylle und Annika zur Tür hereinmarschieren. Ich frage mich ganz im Ernst, wie sie es eigentlich schaffen, immer gleichzeitig bei mir einzulaufen, wo sie doch aus ganz verschiedenen Richtungen kommen. Die eine im Flugzeug, die andere mit der Bahn, und trotzdem stehen sie immer als Pärchen vor der Tür, beinahe als wären sie miteinander verheiratet.

Auf dem Weg zur Küche werfen meine Freundinnen prüfende Blicke umher, und augenblicklich erkundigen sie sich nach der hübschen antiken Vase auf dem kleinen Tischchen. Die stammt von Tim, dem Antiquitätenhändler, aber das will ich ihnen nicht sagen, also sage ich nicht viel. Stattdessen brühe ich Mokka auf, mit viel Milch, und lasse mir von den beiden erzählen. Es wäre auch zu anstrengend gewesen, Sibylle und Annika davon zu überzeugen, dass da ein Mann war mit Geschmack. Diese These hätte eindeutig einer längeren Erörterung bedurft hier in unserer kleinen Runde.

Die neusten Produktionen: Sibylle hat dieses Buch geschrieben über kranke Idioten, und sie meint damit ganz allgemein die Welt, und Annikas letzter Clip zeigt in Endlosschleife einen Typen, der immerfort blutet.

Beide haben im Laufe der Jahre Lieblingskritiker gefunden, die sie herzlich hassen, und tragen bei unseren Kaffeekränzlein gerne Passagen ihrer Ergüsse aus dem Gedächtnis vor. Oft lachen wir minutenlang und verteilen Kreativitätspunkte, es ist immer sehr unterhaltsam.

Einer von ihren Lieblingen, sagt Annika, sieht aus wie der alte Pimmelmann, und ein Kollektiv-Schauer läuft über unsere Frauenrücken. Schimmelmann, wie der Mann richtig hieß, war der Deutschlehrer an unserem Internat, so einer, den man weitgehend aus der normalen Gesellschaft isolieren konnte, indem man ihn in einem Mädcheninternat unterrichten ließ.

Das war vor beinahe zwanzig Jahren, und eigentlich haben wir unseren kleinen Privatclub damals nur deshalb gegründet, weil wir unglücklich verliebt gewesen waren. Leider alle drei in denselben Knaben, nämlich ausgerechnet den jungen Pimmelmann, der zwar mit uns allen dreien im Bett war, aber sich für die Disco die blonde Moni aus der Zwölften aufs Moped setzte.

Und so ein Erlebnis verbindet eben. Die ersten paar Jahre haben wir praktisch über gar nichts anderes gesprochen.

Dass wir nicht angefangen haben, uns dabei zu langweilen, liegt daran, dass ich Männer trotzdem mag. Die meisten meiner Freunde sind Männer, ich arbeite für Männer, und ich vertrage mich besser mit meinem Vater als mit meiner Mutter. Ich mag Männer, auch wenn das kompliziert ist, immer neu erörtert werden muss und dazu geführt hat, dass ich Listen über meine CDs angelegt habe, damit es bei Trennungen nicht immer diese Scherereien gibt.

Annika und Sibylle dagegen haben ihre Enttäuschung als Sprungfeder benutzt und sind so heute einigermaßen reich und einigermaßen berühmt.

Aus mir ist nur eine Übersetzerin geworden, für die Wirtschaft, und dass aus mir nichts Anständiges geworden ist, davon sind Sibylle und Annika überzeugt, liegt eben nur daran, dass ich für Männer Arbeit verrichte.

Ich kann nicht behaupten, dass diese Jahre nicht gut gewesen wären. Sibylle und Annika wären da zweifelsohne anderer Ansicht, aber die kennen die Geschichten schließlich auch erst ab dem Punkt, als sie anfingen, nervig zu werden. Ich bin vorsichtig geworden und werfe die schönen Erlebnisse, die ich hatte, diesen Hyänen von Freundinnen nicht zum Fraß vor. Kein Wort über Jens bisher.

Was Sibylle und Annika zu hören bekommen, ist das, was sie hören wollen: Potenzprobleme, Eifersuchtsanfälle, die wütende Ehefrau. Das finden sie sehr unterhaltsam.

Sag mal, Täubchen, wendet sich da Annika an mich, wie ist eigentlich die Sache mit diesem Franzosen ausgegangen? Die Sache mit diesem Franzosen, Gérard, ist so ausgegangen, dass ich ihm während eines Essens in einem guten Restaurant erklärt habe, ich könne ihn nicht mehr treffen, wegen Jens. Gérard ist verheiratet, war sehr verständig und wünschte mir viel Glück mit dem Kerl. Aber das kann ich meinen Freundinnen kaum erzählen, also wandele ich kurzerhand eine Geschichte ein bisschen um, die ich ihnen schon einmal vor zwei Jahren erzählt hatte, ein echtes Desaster mit Potenzproblemen, Eifersuchtsanfällen und einer wütenden Ehefrau. Das unterhält sie bestens, eine Acht oder Neun auf der Punkteliste ist mir sicher.

Und sonst, was Neues in Aussicht?, interessiert sich Sibylle. Ja, da ist dieser Jens, möchte ich sagen, groß, gut aussehend, Leiter der Marketingabteilung dieser international vertretenen Firma.

Nö, sage ich stattdessen, so dies und das, aber nichts Erwähnenswertes. In Wahrheit bin ich ihm treu. Er ist seit einem Jahr geschieden, wohnt in meiner Stadt, wir sehen uns regelmäßig, und es ist, tatsächlich, sehr schön. Den Teufel werde ich tun und Sibylle und Annika davon erzählen.

Schätzchen, sagt Annika, vielleicht ist es an der Zeit, deinen Job hier einfach an den Nagel zu hängen, mal was Neues auszuprobieren. Meinst du nicht, Sibylle, dass sie mal was anderes machen sollte?

Die dünne Sibylle neigt sich vertrauensvoll zu mir herüber und meint: Annika hat da nämlich was ganz Tolles für dich klargemacht. Nicht wahr? Annika nickt divenhaft und erklärt, der Kulturfonds in Straßburg suche eine Übersetzerin mit Erfahrung.

Und da habe ich meiner Bekannten gleich deinen Namen vorgemerkt, meint sie, ganz gerührt über ihre Freundlichkeit. Und weshalb erfahre ich erst heute davon?, wundere ich mich. Ja, wir haben gedacht, du solltest erst den Franzosen los sein, bevor wir es dir vorschlagen.

Das ist wohl der Punkt, an dem ich von Jens erzählen sollte, ein klein bisschen nur, damit die beiden wissen, dass Straßburg ja also nun ganz ab vom Schuss ist.

Mitten in diese Szenerie hinein jedoch, in der meine Freundinnen mit großen Augen vor mir stehen und mich jubeln sehen wollen, klingelt es. An meiner Tür.

Es klingelt ein zweites Mal. Willst du nicht aufmachen?, fragt Annika, schon mit diesem leichten Raubtierhecheln in der Stimme, mal sehen, wer so spät noch bei dir reinschaut?

Ich erhebe mich langsam von meinem Sofa, auf dem ich bisher sehr entspannt gesessen habe. Keine Ahnung, wer das sein könnte, murmele ich in mich hinein, gehe langsam in Richtung Flur, langsam durch den Flur Richtung Tür. Ich möchte ihm Zeit geben, noch wegzugehen. Doch unten fliegt die Tür auf, schon an dem beschwingten Schritt, mit dem er die Treppen heraufspringt, erkenne ich ganz sicher Jens.

Jens, der wahrscheinlich von irgendeinem Meeting kommt, noch kurz Gute Nacht sagen wollte und keine Ahnung hat, dass im Wohnzimmer zwei messerwetzende Hyänen warten.

Hallo, ich bin's, sagt der freudestrahlende Jens.

Ich versuche, ihn mit einem unverbindlichen Gutenachtkuss gleich wieder zu verabschieden, aber da stehen schon Sibylle und Annika cocktailschwingend im Flur.

Ich räume also seufzend das Feld, bitte ihn herein und stelle sie im Wohnzimmer einander vor. Jens, der offensichtlich wenig Erfahrung mit Frauen wie Sibylle und Annika hat, meint begeistert: Aber Süße, warum hast du mir denn nie erzählt, dass du so berühmte Freundinnen hast?

Sibylle verdreht die Augen, und Annika kontert, an mich gewandt: Aber Süße, warum hast du uns denn nie erzählt, dass du schon wieder einen neuen Typen hast? Am liebsten würde ich einfach gehen, irgendwohin, einfach nur, um nicht mehr hier sein zu müssen. Das ist nun wirklich ein Novum, die anderen Typen kannten sie ja immer nur aus meinen Erzählungen.

Einen Augenblick wünsche ich mir, ich hätte in all den Jahren auch nur ein einziges Mal eine Bemerkung darüber gemacht, dass ich auch guten Sex gehabt hatte. Nur das. Oder mich mit einem Mann in einem Theaterstück amüsiert hatte. Diese Bemerkung ist aber nie gefallen. Und jetzt steht Jens, der arme Jens, als die Inkarnation von über zehn Jahren gescheiterten Männergeschichten vor meinen Freundinnen.

Jens versucht seine Stellung zu legitimieren, indem er erzählt, wie wir uns kennen gelernt haben.

Jens, der wunderbare Jens, bemerkt nicht, wie Sibylle ein aufgesetztes Gähnen unterdrückt, und erkennt auch gar nicht die Boshaftigkeit in Annikas zuckersüßem Ach ehrlich, das ist ja interessant!

Bevor die beiden noch andere Saiten aufziehen, um meinem unglaublichen Jens klar zu machen, dass er besser einen scharfen Themenwechsel vornehmen sollte, schalte ich mich ein.

Was ich brauche, ist eine Neuigkeit, etwas Bahnbrechendes, etwas, das die Hyänen von ihrer Beute ablenkt und die Beute daran hindert festzustellen, dass sie die Beute ist.

Also beginne ich drauflos zu fabulieren. Ich erzähle von einem neuen Job als Übersetzerin, was noch nicht die nötige Aufmerksamkeit bringt, ein Job als Übersetzerin bei einem afrikanischen Großwildjäger, was mir schon einige überraschte Blicke einträgt, der seine Memoiren auf Deutsch herausbringen will, aber nur in Afrika schreiben kann, und deshalb müsste ich bald für längere Zeit nach Tansania, alles auf seine Kosten selbstverständlich.

Das hat gesessen. Ich gebe mir selbst zehn von zehn möglichen Punkten. Annika sieht mich misstrauisch an: Was jagt er denn, dein Herr Großwildjäger? Hyänen, sage ich mit festem Blick. Und aus irgendeinem Grunde glauben sie mir, alle drei. Annika und Sibylle sind der Meinung, es sei überhaupt nicht in Ordnung, die armen afrikanischen Tiere abzuknallen, wo bleibt denn da der Thrill und die Chancengleichheit, wenn einer mit einem Gewehr auf ein unbewaffnetes Tier losgeht? Während sich die beiden ereifern, betrachtet mich mein unbeschreiblicher Jens ganz verliebt, ich möchte wetten, er sieht sich als eine Art Hemingway in Siegespose über dem erlegten Nashorn stehen, mit mir in sicherer Entfernung, die ich ihm zujuble.

Und was ist mit Straßburg, fragt mich Annika beim Verabschieden.

Auf Straßburg ist geschissen, murmele ich, als ich ein paar Monate darauf mit der Liste in der Hand meine CDs aus Jens' Wohnung zusammensuche.

Dirk Köster

Niederlagenserie

Auf der Leine schwimmt der Tobi
Und der Tobi schwimmt ins Meer
Ja, der Tobi, der geht unter
Doch Hannover hinterher!

Diesen Text haben wir vor dem Heimspiel gegen Aue vor dem Stadion verteilt. Meine Freunde Simon, Victor und ich, heute ganz in Schwarz gekleidet.

In Block 9 wird der Vers nach der Melodie von *Eine Seefahrt, die ist lustig* an diesem Tag immer wieder angestimmt.

Begonnen aber hatte alles im letzten Herbst. Ebenfalls an einem Freitagabend im Braunschweiger Stadion bei einem Zweitligaspiel.

Die Stimmung war damals besser. Nein, nicht richtig gut. Zu miserabel war die Eintracht in die Saison gestartet. Vorletzter Tabellenplatz nach acht Spielen.

Aber es gab Hoffnung. Im letzten Heimspiel der erste Saisonsieg. Dann ein neuer Trainer.

Ich war von Anfang an skeptisch, ob Vasic etwas taugt. Das erste Spiel unter ihm wurde deutlich verloren. Nach dem Match gab es die ersten seltsamen Sprüche des neuen Mannes.

Aber Tobi war an diesem Tag total optimistisch, daran erinnere ich mich, als wäre es gestern gewesen. Wahrscheinlich deshalb, weil ich ihn danach nie wieder so erlebt habe.

Er erklärte die Niederlage mit den vielen Verletzungen. Aber an diesem Tag würde man mit einem Sieg gegen Fürth die Abstiegsränge verlassen. Schließlich war der Held vom Sieg gegen 1860 wieder dabei. Sein Namensvetter Tobias Schweinsteiger.

Nichts gegen Tobi, aber Bastian hätte uns mehr geholfen, und alles wäre so nicht passiert. Ich meine jetzt nicht mich, sondern den echten Schweini.

Bei jedem Heimspiel waren wir im Stadion. Mittendrin, Südkurve, Block 9. Dort wo die Luft brennt. Wir, das waren Tobias, Simon, Victor und ich. Die Anfangsbuchstaben unserer Namen ergaben die Abkürzung BTSV. Zusammen hießen wir genauso wie unser geliebter Verein.

So auch an diesem Abend im Oktober, der für Tobi der Beginn einer beispiellosen Niederlagenserie werden sollte. Schlimmer als die der Eintracht.

Dabei hatte es ordentlich begonnen. Die Eintracht stürmte in der ersten Halbzeit auf das gegnerische Tor und erarbeitete sich reelle Chancen. Das gab es nicht oft in der Saison 06/07. Das Bier schmeckte uns.

Der Schock kam mit dem Halbzeitpfiff. Aus dem Gewühl fiel das 1:0 für die Gäste. Völlig unverdient. Ein Stich ins Herz!

Nach der Pause ging es Tobi schlecht. Wie schlecht, konnte ich zu der Zeit noch nicht ahnen.

Auch im Pausentee der Eintracht war wohl ein Schlafmittel. Es lief nichts mehr. Am Ende stand es 0:2.

Tobi war danach orientierungslos. Wir mussten ihn stützen und sicher nach Hause bringen. So sind wir, Kumpels eben. Der Zusammenhalt ist wichtig.

Als wir bei ihm zu Hause ankamen, fing seine Alte gleich an zu pöbeln.

Genau wie der neue Eintracht-Trainer. Anstatt die Jungs aufzubauen, machte er die eigene Mannschaft nieder.

In der Nacht wurde Tobis Frau mit Verletzungen ins Krankenhaus eingeliefert, Tobi selbst in die Ausnüchterungszelle.

Am nächsten Tag sollte ich ihn von der Wache abholen. Er konnte sich an nichts erinnern. Ich musste ihm eine Zeitung kaufen. Dort las er, dass sich der Abstand zum rettenden Ufer auf drei Punkte erhöht hatte.

In der Woche darauf schwänzte er die Arbeit. BTSV-Trainer Vasic setzte seinen Assi vor die Tür. Am Freitag hatte Tobi die erste Abmahnung im Briefkasten.

An diesem Tag stand er wieder früh auf. Aber nicht, um zu arbeiten. Die Fahrt nach Freiburg stand an. Ich wäre gern dabei gewesen, musste aber in die Firma. Deshalb waren diesmal nur die drei anderen auf Tour.

Im Breisgau gab es die erwartete Niederlage, gleichzeitig rutschte die Eintracht auf den letzten Tabellenplatz ab. Die Leistung aber war nicht so hoffnungslos wie in vielen Spielen davor und danach.

Wie ich hinterher erfuhr, war die Stimmung auf der nächtlichen Rückfahrt trotzig-optimistisch. Die Heimniederlage von 96 am gleichen Abend und deren ebenfalls letzter Rang taten gut.

Nach der Rückkehr kamen die Jungs gleich zu mir, und wir haben einige Kisten Wolters geleert. You'll never walk alone!

Zu Hause gab es den nächsten Schock für Tobi. Frau weg. Kinder weg. Er konnte die Totenstille nicht ertragen und klingelte mich noch in der Nacht aus dem Bett.

Am Dienstag fand das nächste Heimspiel statt. Wen wollte man schlagen, wenn nicht Unterhaching? Doch sogar dieser Dorfclub hat uns besiegt.

Nach dem Match rammte Tobi einen Ordner. Es war wirklich keine Absicht. Genauso wenig wie der Einsatz unseres Torwarts Stuckmann in der entscheidenden Szene, die zum Elfer führte.

Am nächsten Tag gewann Hannover bei Bayern München. 96 gab die rote Laterne ab.

Eintracht war immer Tabellenletzter, solange Tobi noch lebte.

Die klare Niederlage in Rostock verfolgten wir im TV. Die Stimmung war geladen. Hätte einer von uns mitgespielt, wäre er noch eher vom Platz geflogen als Eintracht-Profi Brinkmann.

Der dritte BTSV-Trainer in dieser Saison verlor am Dienstag danach den Job. Seine Bilanz: fünf Spiele, fünf Niederlagen, Tabellenletzter und sechs Punkte Rückstand auf den Vierzehnten.

Am gleichen Tag erhielt Tobi die Kündigung.

Die Tage darauf wurden teuer. Tobi verbrachte die Zeit in Kneipen und Bordellen. Eintracht musste seinem Kurzzeit-Trainer eine fette Abfindung zahlen.

Der neue Coach stoppte vorerst die Niederlagenserie. Die Abwehr wurde gestärkt, so dass in vier Spielen drei Unentschieden errungen wurden. Doch der Rückstand auf Platz vierzehn vergrößerte sich um einen weiteren Punkt.

Das Gekicke war fürchterlich. Deshalb nahmen wir die weiten Wege nach Burghausen und Augsburg nicht auf uns.

Tobi zog sich mehr und mehr zurück. Er verließ die Wohnung in diesen Wochen so selten wie die Eintracht-Kicker die eigene Spielfeldhälfte.

Die letzte Vorrundenpartie gegen den OFC begann gut für Tobi. Schweinsteiger erzielte die frühe Führung.

Am Ende hatte Eintracht wieder verloren.

Hinterher platzte Tobi der Kragen. Er ließ sich von einem Offenbacher Fan provozieren und trat ihm in den Unterleib.

Die Vorrundenbilanz: Siebzehn Spiele, vier Trainer, ein Sieg. Eintracht erreichte neun Punkte. Ebenfalls neun Punkte betrug der Abstand zu einem Nichtabstiegsplatz.

Unser Erzrivale aus Hannover dagegen hatte sich ins Mittelfeld der ersten Liga vorgearbeitet.

Tobis Arbeitsplatz war weg. Frau und Kind hatte er seit Wochen nicht gesehen.

Im Januar kam die Gewissheit. Seine Frau reichte die Scheidung ein. Der Brief kam ausgerechnet von einem Hannoveraner Anwalt. Voll die Provokation!

Tobi ernährte sich nur noch von Dosensuppe, die er in einem Schnäppchenmarkt holte.

Der BTSV kaufte fast ein Dutzend neue Spieler in allen möglichen Ramschläden.

Im ersten Spiel im neuen Jahr passierte auf dem Rasen wenig. Wir haben ein bisschen Feuerwerk gemacht. Es gab zwei Spielunterbrechungen, nicht schlecht

Nach der Partie kamen uns Paderborner Fans dumm. Da haben wir natürlich gegengehalten.

Als die Bullen erschienen, rutschte Simon eine volle Bierflasche aus der Hand, genau auf den Schädel eines Polypen. Er wurde festgenommen, es folgte Stadionverbot.

Den Heimsieg gegen Jena nahmen wir kaum wahr. Das Siegtor fiel zu spät, als dass wir noch klar gucken konnten.

Es war das letzte Eintracht-Tor in Tobis Leben.

Nach der nächsten Auswärtsniederlage wurden mir vom Koblenzer Mob drei Zähne ausgeschlagen. Tobi war ganz Kumpel und hat mich gerächt. Das rechne ich ihm hoch an.

Die Angst vor Krawallen war groß in diesen Tagen. So folgte das Schlimmste, was Tobi hätte passieren können. Bundesweites Stadionverbot!

Beim nächsten Heimspiel gegen Köln stand nur noch Victor im Fanblock. Mich hatte meine Frau vor die Entscheidung gestellt: sie oder Fußball. Ich war so blöd, deswegen zu Hause zu bleiben.

Gegen den FC hatte es fußballerisch wieder nicht gereicht. Victor war frustriert. Ich beneidete ihn, wenigstens den Hype im Stadion erlebt zu haben.

Die folgenden Tage arbeiteten Simon und Tobi daran, ihr Aussehen zu verändern. Sie ließen sich Bärte wachsen. Simon färbte seine Haare, Tobias schnitt seine kurz. Sie besorgten sich Spießerklamotten und Tickets für die Gegentribüne. Zum Anpfiff der Partie gegen Essen saßen sie im Stadion. Das war ganz groß!

Auch ich war wieder dabei. Wenn meine Alte deshalb geht, ist es ihr Problem.

Eintracht-Trainer Reimann brachte mit Tauer, Atem und Golbar ebenfalls drei neue Leute, die zuvor in Karlsruhe nicht dabei waren.

Nach acht Minuten ging Essen in Führung. Danach bemühte sich der BTSV um den Ausgleich. Allerdings hätte das gegnerische Tor an der Mittellinie stehen müssen, um eine nennenswerte Torchance zu erarbeiten.

In der Halbzeitpause wurden Tobi und Simon von einem übereifrigen Bullen aus dem Stadion gewiesen. Auch Reimann wechselte zwei Männer aus. Den Ausgleich konnte Eintracht jedoch nicht erzielen.

Die Bilanz nach sechs Rückrundenspielen: vier Punkte, ein Tor. Der Abstand zu Tabellenplatz vierzehn betrug nun zwölf Punkte. Damit konnte man den Klassenerhalt vergessen.

In Hannover hingegen träumte man vom UEFA-Cup. Eine derbe Erniedrigung für uns.

Tobi hatte seine Frau endgültig verloren. Strafanzeige wegen Körperverletzung und Stadionverbot.

Eine klasse Idee aber hatte Tobi noch. Wir vier fuhren am nächsten Tag nach Hannover, um dort ein paar »Rote« aufzumischen. Das war wirklich fällig!

4:0 für Hannover stand es kurz vor Schluss im Erstligaspiel gegen Dortmund. Der Frust und die Wut erreichten den Höhepunkt. Wenige Minuten später ging es richtig zur Sache. Viele andere waren auch gekommen, die Lage wurde unübersichtlich.

Eine Stunde danach trafen wir uns am vereinbarten Treffpunkt. Simon und Victor waren schon dort, lecker Wolters ebenfalls.

Nur Tobi kam nicht. Nicht nach einer weiteren Stunde, auch nicht nach zwei. Sein Handy blieb stumm.

Am nächsten Morgen wurde er am Leineufer gefunden. Die Kripo stellte Tod durch Genickschuss fest. Eine Fremdeinwirkung gab es angeblich nicht.

Für uns Fans in Block 9 ist klar, dass es ein Meuchelmord war. Tobi ist nun ein Mythos, der Hass auf Hannover endgültig in die Ewigkeit eingemeißelt.

Für Tobi siegte die Mannschaft mit 1:0 gegen Aue. Das war aber nur ein letztes Zucken.

Jörg Ultsch

Im Vertrauen

Ich lag auf dem kalten Untergrund, ausgestreckt, von Wänden um-
schlossen, und blickte in den Nachthimmel.

»Lass mich hier raus, Martin«, sagte ich. Und, nachdem ich eine
Weile vergeblich auf eine Antwort gewartet hatte, wieder: »Martin?«

Niemand war zu sehen, aber ich konnte hören, wie Martin – es
konnte nur *er* sein, davon war ich überzeugt – am Rand der Grube
hin und her lief.

»Es tut mir leid. Sprich mit mir, bitte«, setzte ich nach, obwohl ich
nicht einmal ahnte, wofür ich mich hätte entschuldigen sollen.

Da klatschte eine Ladung Erde auf meine Brust. Ich erschrak. Kein
Scherz. Martin lief Amok. Verzweifelt zerrte ich am grauen Klebeband, das meine Beine und Unterarme fixierte.

Ohne Erfolg.

Ich bemühte mich, einen der Kugelschreiber – ein mögliches Werk-
zeug – zu ergreifen, die auf Brusthöhe in der Außentasche meines
Kittels steckten.

Ohne Erfolg.

Wieder fiel Erde herunter, neben den Kopf. Es staubte. Ich begann
zu husten. Mir wurde bewusst, dass ich ein klägliches Bild abgab: ein
übergewichtiger Glatzkopf, Anfang vierzig, mit stets geröteten Wangen, ganz in Weiß gekleidet – Jacke, Hose, Schuhe –, wie ein Paket
verschnürt. So muss sich ein Maikäfer fühlen, dachte ich, wehrlos auf
dem Rücken liegend, unfähig, sich aus eigener Kraft zu befreien.

Hektisch schaute ich mich um. Ich lag in einem Loch, zwei Meter
lang, ein Meter breit, vielleicht ein Meter fünfzig tief: mein Grab.

Kein Autolärm, keine Stimmen. Ich hatte den Geruch von Tannen-
nadeln und Baumharz in der Nase. Das erinnerte mich an die
Waldspaziergänge, die ich als Kind mit meinem Großvater unter-
nommen hatte.

Ja, Martin wollte mich irgendwo im Wald verscharren. Sinnlos, um Hilfe zu schreien.

Dann sah er endlich zu mir herab, die Arme auf den Stiel der Schaufel gestützt. Das Licht des zunehmenden Mondes genügte, um zu bemerken, dass Martin die Haare wirr in die Stirn gefallen waren. Die hohlen Wangen blutig gekratzt. Obwohl höchstens fünf Grad über Null, trug der Fünfundzwanzigjährige nur ein T-Shirt zur Jeans. »Ein bisschen spät, R-reue zu zeigen. F-fi-findest du nicht?« Martin lachte verächtlich. Er spuckte mich an, verfehlte das Gesicht nur knapp.

So außer sich hatte ich Martin noch nie erlebt. Im Gegenteil, in den letzten Wochen schien er sich stabilisiert zu haben. Jetzt das blutende Gesicht, das Stottern – beunruhigende Zeichen.

Martin schaufelte weiter. Ich hörte ihn vor Anstrengung stöhnen. Offenbar wollte er es schnell zu Ende bringen.

Die feuchte Kälte des Bodens ließ meinen Körper erstarren. Und der Hinterkopf schmerzte an der Stelle, wo er mich niedergeschlagen hatte.

Konzentrier dich, sagte ich zu mir selbst.

Was stand in seiner Akte?

Martin leidet an der Borderline-Persönlichkeitsstörung (BPS) ... besondere Form der emotionalen Instabilität ... hervorgerufen von permanenter körperlicher Misshandlung durch den Vater ... neigt zu explosionsartigen Ausbrüchen von Wut und Gewalt ... außerstande, diese Aggressivität zu kontrollieren ... dauern zumeist nicht länger als wenige Minuten, in seltenen Fällen maximal zwei Stunden ... daneben zeigt er einen Hang zu selbstverletzenden Handlungen ... Kratzspuren am ganzen Körper ... empfohlene Behandlung: regelmäßige Einzel-/Gruppen-Therapie, Verabreichung von Stimmungsstabilisatoren.

Maximal zwei Stunden? Wie lange hatte es gedauert, das Grab auszuheben?

Schon waren meine Beine und der Bauch zugeschüttet. Ich spürte, wie die Erde unter den Kittel rutschte.

»Martin, ich bin dein Freund. Wir können über alles reden. Sag doch, was ist passiert?«

»Freund? Du Scheißkerl! Du hast mich verraten. Claudia weiß alles«, schrie er.

Claudia. Endlich begriff ich, was ihn so erregte. Ich hatte sie vor einigen Tagen zu mir gebeten. Claudia, die Frau, die Martin heiraten wollte, eine Blondine in Martins Alter mit bernsteinfarbenen Augen wie die einer Kartäuserkatze, dazu eine Stupsnase und sinnliche Lippen. Das Arztgeheimnis verpflichtete mich zum Schweigen, aber ich konnte nicht anders, ich musste ihr von *BPS* erzählen, zu ihrem eigenen Schutz. Sie bedankte sich bei mir und beteuerte, dass sich dadurch an ihrer Liebe nichts ändern würde. Und natürlich sollte Martin von der Unterredung nichts erfahren.

Nun war meine Brust bedeckt. Und die Schulter, der Hals. Unmöglich, den Kopf zu drehen. Der Körper starr – wie eingegipst. Die Erde drückte auf die Lunge.

»Ja, Martin, es stimmt. Aber nur, um dir, um euch zu helfen«, sagte ich mit schwacher Stimme.

»Ich wollte nie mehr allein sein. Und du, du erzählst ihr alles.«

Ich meinte ihn leise weinen zu hören. »Hat sie gesagt, dass sie dich verlässt?«

Martin unterbrach die Arbeit. »Nein, das nicht. Aber was bleibt ihr denn jetzt anderes übrig?« Dann, nach einer Pause: »Ich bin ein kranker Irrer.« Von neuem griff er zur Schaufel.

Plötzlich ein Rascheln von Bäumen oder Sträuchern. Den ganzen Tag über hatte kein Wind geweht. Näherte sich jemand? Ein Retter?

Als ich gerade die mir verbliebene Kraft gesammelt hatte und laut aufschreien wollte, landete eine Portion Erde auf Gesicht und Mund. Ich musste würgen.

Martin stand neben dem Loch, die Schaufel in der Hand, und horchte nach weiteren Geräuschen.

»Da ist keiner«, sagte er wenig später und machte sich daran, sein Werk zu vollenden.

Ich spuckte ein Gemisch aus Speichel und Erde aus. »Martin, bitte, lass mich hier raus. Es wird alles wieder gut. Ich verspreche es dir.«

»Ich weiß nicht. ... Ich weiß nicht.«

»Martin, Claudia liebt dich noch immer.«

Die Schaufel fiel zu Boden. Er verschwand aus meinem Blickfeld. Und schwieg. Nach einigen Minuten – grauenhaft langen Minuten, wie ich fand – schaute er mich an, dieses Mal auf Knien, Hoffnungslosigkeit im Blick, und sagte leise: »Ich weiß nicht, was ich tun soll.«

Ich lächelte. Ich hatte den Zugang zu ihm gefunden. Ich würde bald wieder in Freiheit sein.

Den herabsausenden Baseballschläger sah Martin nicht kommen. Von hinten auf den Kopf, und gleich noch einmal. Blut spritzte. Er sackte zusammen und dann wie ein gefällter Baum träge zur Seite. Für einen Augenblick schien er zu mir herunterzustürzen, blieb aber an der Kante hängen. Der deformierte Kopf hing über dem Loch, leblose Augen stierten mich an. Ich erschauderte.

Eine schwarz gekleidete Gestalt bückte sich und fühlte am Arm Martins Puls. »Tot. Und das mit zwei Schlägen«, sagte er. Das Mondlicht betonte seine Hakennase. Er stand wieder auf. »Hallo, Stefan. Na, du scheinst ja bis zum Hals in Schwierigkeiten zu stecken.«

»Klaus. Dich schickt der Himmel«, wollte ich erleichtert ausrufen, es hörte sich aber eher wie ein Krächzen an. Das Gewicht der Erde raubte mir die Kraft.

»Meinst du, es wäre besser gewesen, ich hätte Martin nichts von deinem Gespräch mit seiner Verlobten erzählt?« Er ließ den blutverschmierten Schläger in der Hand kreisen und öffnete die schmalen Lippen zu einem Lächeln.

Was sollte diese Frage? Im Vertrauen hatte ich Klaus davon erzählt und mein Verhalten mit der Sorge um Claudias Sicherheit begründet. Klaus wusste doch, dass Martin eine tickende Bombe war. Vor knapp drei Monaten eine harmlose, zufällige Rempelei im Klinikflur – für Martin Grund genug, um Klaus, dem vermeintlichen Aggressor, an die Gurgel zu springen. Nur mit Mühe konnte ich die beiden voneinander trennen.

»Niemals darfst du als Arzt deinem Patienten in den Rücken fallen. Ein großer Fehler.« Er strich sich durch den eisgrauen Vollbart, auf dem Spuren von Martins Blut zu erkennen waren. »Und es war ein großer Fehler, dem Chefarzt von meinem Verhältnis zu einer der Krankenschwestern zu erzählen. Anschließend bist du zum Oberarzt befördert worden. Nicht ich. Obwohl *ich* es verdient gehabt hätte.« Er legte den Schläger ab und spuckte in die Hände. »Martin sollte das eigentlich für mich erledigen.« Er griff zur Schaufel. »Ich wollte dich retten, kam aber leider zu spät. So werde ich es der Polizei sagen.«

Ich wollte etwas entgegnen, öffnete den Mund, schluckte wieder Erde. Kurz danach hatte er mich zugeschüttet.

Klaus begann ein fröhliches Lied zu singen. Nur gedämpft drang der Schall an meine Ohren.

What shall we do

Lebendig begraben. Hatte ich dieses Ende verdient? Ein guter Arzt sein, Menschen helfen – das war immer mein Ziel.

with the drunken sailor

Keine Luft mehr in der Lunge. Die Sinne schwanden.

Vor meinem geistigen Auge erschienen noch einmal die glücklichsten Momente meines Lebens.

Das erste Fahrrad, ein gelbes Bonanzarad mit Bananensattel. Mein ganzer Stolz.

What shall we do

Der erste Kuss, als ich dreizehn war, hinter dem Schulgebäude. Der Name des Mädchens mit den unzähligen Sommersprossen und der Zahnspange fiel mir nicht ein.

with the drunken sailor

Die Freude nach dem bestandenen Medizinexamen.

What shall we do

Die Hochzeit mit Ulrike.

Meine Ulrike.
  with the drunken sailor
Das Leben wich aus meinem Körper. Pechschwarze Dunkelheit.
  Martin.
  early in the mo ...

Anke Laufer

Rhabarber

2. Juni

Die checken es nicht. Ich habe nie mit Andeutungen gespart, aber für die war das alles bloß so 'n wirres Geschwätz von einem, der zu klein ist, um zu begreifen. Traumatisiertes Kind und so.

Am liebsten liege ich hier auf meinem Bett und denke an den Garten. An die Himbeerranken, die dir so die Arme zerkratzen konnten, dass sie davon ganz taub wurden. Den Frauenmantel und dieses blaue Zeug, Rittersporn hieß das, ja genau.

Aber für Lela habe ich den Rhabarber genommen. Mann, die Blätter von dem Kraut sind echt riesig. Wir konnten uns da ganz locker verstecken, als wir klein waren. Manchmal rissen wir einen der dicken, saftigen Stengel aus und stippten ihn in eine Tasse mit Zucker. Das war fast so gut wie Brause.

Lela war wie ich am liebsten draußen. Mama konnte sie nie davon abhalten, trotz ihrer Allergie. Es gab da so ein Notfallset im Badezimmer. Später wurde meine Mutter schlampig damit, wie mit allem. Ich hab mal nachgesehen, kurz vor der großen Sache, die ich vorhatte. Da war das Haltbarkeitsdatum schon fast zwei Jahre abgelaufen. Ich hätte mir keine Sorgen drum zu machen brauchen.

Unser Garten war schön verwildert, also war er voll von irgendwelchen Krabbelviechern, von denen ich damals nicht mal wusste, wie sie heißen. Aber für die hatte ich schon immer was übrig. Da war das tiefe Dröhnen wie von einem Hubschrauber, das die Hummeln machen, das aufgeregte Surren von Goldfliegen, das Nagen der Ohrwürmer, das Gekrabbel der Ameisen.

Niemand wird mir das glauben, aber ich kann alles verstehen, was die sagen, Wort für Wort. Mich stört nicht mal das Durcheinandergequatsche. Es kommt bei denen drauf an, auf das Ganze zu hören.

Ein Einzelner zählt bei denen eben nicht, das ist der Unterschied zu – sagen wir – Portugiesisch oder Kisuaheli.

In der Anstalt stehen die Pflanzen in Kübeln, die mit Tonkügelchen gefüllt sind. Insekten gibt es kaum. Weiße Kittel, weiße Wände, weiße Betten, weiße Kacheln, weiße Kloschüsseln. Ich werde nie den ersten Winter hier vergessen. Es schneite ganz schön, also war auch noch die Scheißlandschaft weiß. Einmal verirrte sich eine Stubenfliege in mein Zimmer, da bin ich beinahe ausgeflippt, so froh war ich, die zu sehen. Mit Fliegen kann man sich über Tod und Teufel unterhalten, echt.

Bald ist es so weit. Schon sonderbar, jetzt, wo ich entlassen werde, hat man beschlossen, mein Zimmer sonnengelb zu streichen. Wie die Löwenzahnblüten, aus denen Lela sich immer ihre Kränze machte.

Wenn ich an Lela denke, sehe ich sie vor mir, wie sie barfuß über die schiefen Waschbetonsteine des Gartenweges springt, Lela in ihrem zerschlissenen pinkfarbenen Badeanzug und mit dem fast aufgelösten Zopf, der ihr über den sonnenverbrannten Rücken tanzt. Ich kann ihr Stimmchen hören, wie sie nach dem Säckchen mit meinen Murmeln aus blaugrünem Glas quengelt, die ich um nichts in der Welt hergeben wollte und sogar mit ins Bett nahm, wo es nach Sommer und Schweiß roch und wo ich auf ihr leises Aneinanderklicken horchte, bis ich endlich einschlafen konnte.

3. Juni

Mein Vater war ein Held. Zu Hause hingen gerahmte Zeitungsausschnitte im Wohnzimmer, zwischen der Schrankwand und dem Fernseher. Später, in der Anstalt, haben sie mir Kopien aus dem Zeitungsarchiv besorgt. Auf den Bildern sitzt ihm der Helm schief auf dem Kopf, sein Gesicht glänzt speckig vor lauter Russ und Schweiß, und die Augen leuchten im Widerschein des Feuers, so dass er aussieht wie ein Star aus einem Actionfilm.

So einer verliert doch nicht einfach die Kontrolle, sagten alle. So einer dreht doch nicht durch. Ein ganzer Kerl, der hat Nerven wie Drahtseile.

6. Juni

Ich bin raus!

Wir sind zu dritt in der Wohnung. Der Betreuer hat einen Pferdeschwanz und ist nicht viel älter als ich. Er hat mir gesagt, dass er jetzt täglich vorbeikommen wird. Er kann das kumpelhafte Getue ruhig lassen, ich weiß Bescheid. Sie glauben, ich brauche 'ne Krücke.

Brauch ich nicht.

Auf dem Weg zum Bahnhof waren sie plötzlich da, wie zur Begrüßung. Ein ganzes Orchester: Zirpen, Surren, Flirren. Es war lauter als das Rumpeln meines Rollenkoffers auf dem Asphalt. Alles war so wie früher. Ich lachte laut heraus, so erleichtert war ich.

Ich hab die S-Bahn genommen. An die kleine Stadt mit den Fachwerkhäusern, dem Kopfsteinpflaster und den Geranienkästen, in der ich nach einer Stunde ankam, konnte ich mich bloß dunkel erinnern. Dabei muss es wohl hier gewesen sein, wo wir mal Eis essen waren. Mama, Lela und ich. Das war, bevor sie stundenlang in der Küche saß und sich an dem Schnapsglas auf der Wachstuchdecke festhielt.

Mein Vater machte tagsüber seinen Job beim Finanzamt, abends zog er mit seinen Kumpels von der Freiwilligen Feuerwehr und vom Schützenverein herum. Da konnte er sich weiter wichtig machen mit seiner Geschichte. Komisch, obwohl er sich nie groß um uns gekümmert hat, mussten wir uns trotzdem seine Protzerei anhören, immer wieder, seit wir alt genug waren, um sie zu begreifen.

»Das war 'ne Bruchbude, 'ne richtige Zeitbombe«, sagte er und köpfte dabei eine Flasche Bier. Wenn er zum schlimmen Teil der Geschichte kam, setzte er Lela vor sich auf den Schoß.

»Die Mutter kreischte wie ein Affe. Der Vater stand an einem der Vorderfenster und fuchtelte wie verrückt mit den Armen. Das Kreischen von der Frau, das war schlimm, so was hatte ich vorher noch nie gehört. Aber das Schlimmste kam noch.«

Diese Stelle genoss er besonders, denn er wusste, dass Lela fragen würde. Und sie tat ihm den Gefallen. Jedes verdammte Mal.

»Was denn, Papa?« Ihre Stimme war ganz dünn dabei. Ich hasste ihn.

»Das Winseln.« Er flüsterte, ganz nahe an unseren Gesichtern, so dass wir den Biergestank rochen. Dann lehnte er sich befriedigt zurück.

»Ich also den Gang runter bis ganz nach hinten. Der Teppichboden qualmte die ganze Bude voll. Aber ich immer weiter, reiß die Türen auf, rechts, links. Und da hab ich sie dann gefunden. Stockfinster war's da drinnen. Ich konnte nur dieses leise Winseln hören, so 'n richtiges Hundewinseln«, sagte mein Vater und griff nach einer neuen Flasche und dem Flaschenöffner. »Erst im Lichtstrahl von meiner Lampe hab ich sie dann gesehen. Fünf Kinder, wie die Orgelpfeifen. Die Älteren saßen auf einer Bettkante und hielten die Kleinen fest.«

Er klemmte sich die zwei Kleinsten rechts und links unter die Arme und brüllte die Älteren an, sie sollten hinter ihm her kommen.

»Aber die hatten wohl schon zu viel Rauch geschluckt.«

Einmal habe ich ihn gefragt, warum er ausgerechnet die Jüngsten mitgenommen habe.

»Streng deinen Kopf an, Flo. Von den Jüngeren konnte ich zwei auf einmal tragen. Zwei gegen eins, ganz einfach.«

Zusammen mit einem seiner Kumpels schaffte er es dann doch noch einmal bis in das Zimmer. Sie trugen die beiden älteren Mädchen hinaus. Die Geschichte endete immer mit seiner Beschreibung, wie die brennende Fassade zusammengekracht war.

Über den Ältesten verlor er nie ein Wort. Dabei hatten sie ihn einfach da drin gelassen. Sie müssen gewusst haben, dass er krepieren würde, aber sie haben ihn einfach auf der Bettkante sitzen lassen. Ganz allein.

Wahrscheinlich hatte mein Vater auch da wieder gerechnet – addiert, subtrahiert. Vier Kinderleben gegen eins. Das genügte, damit er den Jungen, das fünfte Kind, einfach vergessen konnte.

28. Juni
Heute morgen bin ich mit dem Bus ins Dorf gefahren. Ich wollte den Garten sehen – bevor sie es mir offiziell genehmigen und ohne Aufpasser.

Als ich ankam, war alles wie damals. Dieselben spitzen Schreie der Schwalben im blauen Himmel. Dieselbe brütende Hitze.

Eigentlich war alles ganz einfach. Während es passierte, pennte meine Mutter mit dem Gesicht auf dem Küchentisch.

Dass Lela es sein musste, das tut mir immer noch leid. Aber, mal ehrlich, was blieb mir übrig? Man muss seine Feinde an ihrer empfindlichsten Stelle treffen.

Ich versprach Lela meine Murmeln und nahm sie mit auf den Dachboden. Das Hornissennest hing an einem der Dachbalken. Ich stieß den Stock tief hinein, rannte los und verriegelte die Tür hinter mir. Das Brausen ihrer Flügel klang unbeschreiblich, ich konnte es durch die Tür hören. Lela rief noch eine Weile nach mir. Aber erst als es ganz still war, ging ich wieder hinein.

Fast ein Jahr nach Lelas Verschwinden fiel es meinem Vater plötzlich ein, den Garten umzugraben. Nicht dass er besonders viel zu tun hatte. Er taugte ja zu nichts mehr.

Damals hatte die Polizei die Suche längst aufgegeben. Ich hatte mir einen grünen Lieferwagen ausgedacht, in den Lela eingestiegen sei. Natürlich glaubten sie mir, alle glaubten mir. Im Garten haben sie nie gesucht, diese Amateure. Dass er sie fand, war also reiner Zufall. Aber es gab ihm den Rest. Endlich.

Der Rhabarber hat sich ausgebreitet und die alten Gemüsebeete verschluckt. Es ist Blütezeit. Er trägt hohe Rispen mit Millionen winziger weißer Blüten, um die die Insekten schwirren.

Ein Gruß von Lela.

Als mein Vater sie fand, war sie nicht wiederzuerkennen, aber die rosa Blümchen auf ihrem Lieblingskleid waren noch da. Abgesackt zwischen den leeren Rippenbögen lag das Beutelchen mit den Murmeln.

Ich konnte von der Schaukel aus sehen, wie es in seinem Gehirn arbeitete, wie er in die Knie ging, als er schließlich begriff.

Es war ein köstlicher Augenblick, als er sich halb zu mir umdrehte und unsere Blicke sich trafen.

»Was hast du bloß gemacht? Deine Murmeln, Flo, das sind doch deine Murmeln!«

Der Gesang der Insekten steigerte sich zu einer großartigen Sinfonie. Endlich war es vorbei. Ich konnte mich zu erkennen geben.

»Kapierst du's endlich?«, fragte ich, sprang von der Schaukel und breitete die Arme aus. »Ich bin's, den du hast einfach verbrennen lassen. Der letzte Junge, das fünfte Kind.«

Dann drehte ich mich um und verschwand in aller Ruhe zwischen den Büschen.

Die ganze Nacht hörte ich sein Heulen. Er kam immer wieder in den Garten, stolperte herum und suchte nach mir.

Kurz vor Sonnenaufgang hörte ich dann die Schüsse. Eine Kugel für meine Mutter, eine für ihn selbst.

Norbert Herrmann

Die Niete

Heute geht's mir nicht gut, ich hab meinen Hund geschlagen, weißt du«, sagt sie. Der andere Punk nickt und nimmt sich ihre Bierflasche. »Na ja, geschlagen hab ich meine Gina nicht wirklich, die erschreckt ja schon, wenn ich sie nur anfasse.« Er gibt ihr die leere Bierflasche zurück. Er holt seinen Tabak heraus, will sich ein Blättchen aus dem Papier-Etui nehmen. Das Etui ist aber leer. Sie schaut auf, kramt in ihrer Jackentasche und gibt ihm eine Packung Blättchen. »Bist schon 'ne kleine Sensible, was, Gina?« Sie krault den Nacken der Schäferhündin, die sich tief unter die Sitzbank verkrochen hat.

Ihre dünnen Haare sind rot gefärbt. Die Nieten auf ihrer Lederjacke passen zu Ohr-, Nasen- und Wangenringen in ihrem Gesicht. Ununterbrochen fummelt sie an einem Loch in ihrem Ärmel. Eine Niete muss herausgefallen sein.

»Das nähe ich zu Hause«, murmelt sie vor sich hin, mit Blick auf dieses Loch. Der Punk steht auf. »Wo schläfst du heute?«, fragt sie ihn. Er nickt. An der nächsten Haltestelle steigt er aus. »Liebe Gina«, murmelt sie und legt ihre Beine auf die Sitzfläche ihr gegenüber.

Im hinteren Waggonteil spielt jemand Gitarre und singt dazu Johnny Cash. Nach ein paar Sekunden schaut sie auf, dreht sich in Richtung des Musikanten. »Mann, Mann, Mann«, fängt sie an. »Mann, Mann, Mann, kannste vielleicht mal deine Scheißfresse halten, Mann?« Dann tätschelt sie ihren Hund. »Alles in Ordnung, Gina.« Sie nimmt ihre Füße vom Sitz und brummelt: »Komm, Gina, komm, das langt echt jetzt.« Und dann laut nach hinten, an den Musikanten gerichtet »Das langt echt jetzt. Du störst, Alter, mit deiner Scheißmusik.« Sie nimmt Gina am Halsband und stürzt nach hinten. »Scheiße!« Sie holt etwas aus ihrer Jackentasche. Sie streckt dem Musikanten dieses Ding entgegen und schreit ihn an: »Halt endlich deine Fresse, Alter!« Es ist ein Plastikbecher, den sie ihm ins Gesicht drückt, an seine linke Wange. »Siehst du das? Ich bettele auch nicht hier. Lass die Leute endlich in Ruhe, Mann.« Der Musikant schaut sie mit großen Augen an, dreht sich von ihr weg. Jetzt steht er mit dem Gesicht zur Tür in der Ecke. Das Lied ist noch nicht zu Ende. Er spielt weiter.

Sie setzt sich mit ihrem Hund neben den Ausstieg, hält sich die Ohren zu. »Gina, Gute, wir steigen aus. Wir steigen aus«, und zum Musikanten: »Lass den Leuten ihre Ruhe, Mann, halt doch deine Scheiß-Hippiefresse.« Tatsächlich ist jetzt Ruhe. Die Durchsage »Nächste Station: Ostkreuz« erschallt. Der Musikant spurtet mit seiner Sammelbüchse in der Hand durch den Waggon. Abwesend stiert er geradeaus vor sich, auf den Boden. Er bleibt nicht stehen, als ihm ein Passant eine Münze zustecken will. Dort, wo die beiden Punks saßen, hält er abrupt inne und bückt sich nach etwas. Er dreht sich um und geht zurück. Die S-Bahn stoppt. Der Musikant erreicht die Punkfrau an der offenen Waggontür. Sprachlos glotzt sie ihn an. Er drückt ihr die gefundene Niete in die Hand, steigt aus und geht auf dem Bahnsteig nach links. Sie krault Gina so fest am Ohr, dass diese kurz aufjault. Die Frau erschrickt, sie lässt den Hund los und geht nach rechts, zur Treppe. Auf halber Höhe dreht sie sich um und ruft in Richtung des Musikanten: »Danke, Mann«.

Elvis Koslowski

Mein Tod heißt Paul

Eines Abends, als ich, wie übrigens schon häufiger zuvor, über die Unausweichlichkeit meines eigenen Ablebens nachdachte, kam mir plötzlich diese grandiose Idee. Mir fiel ein, dass ich diesem Gegenspieler alles Natürlichen, nämlich dem Tod, und seinem immer größer werdenden dunklen Schatten über meinem Leben Einhalt gebieten könnte, indem ich ihn einfach personifizierte. Ich erklärte ihn, also den Tod persönlich, daraufhin zu einer Figur, die irgendwann einmal bei mir auftauchen und mich zu einem tollen Ausflug einladen würde.

Er, also der Tod, wird so irgendwann wie ein naher Verwandter erscheinen, von dem einem schon immer berichtet wurde, den man aber noch nie zu Gesicht bekommen hat, und der eines Tages mir nichts, dir nichts auf der Matte steht, wie es so schön heißt. So wie es vielen Kindern nach dem Krieg gegangen ist: Plötzlich und unerwartet stand jemand in der Tür, der vorgab, der eigene Vater zu sein, also derjenige, der eine irgendwo in den Weiten Russlands oder sonst wo verschollene männliche Legende darstellte. Jemand, von dem einem immer erzählt wurde, dass er zu dieser Familie dazugehöre und bestimmt eines Tages heimkehren werde, um für immer da zu bleiben und dann ganz fabelhafte Dinge mit einem zu unternehmen.

Ich selbst kann an dieser Stelle von zwei Brüdern meiner Mutter berichten, welche bei Nacht und Nebel fortgingen und daraufhin als verschollen galten. Der eine, Dietmar, war, wie sich später herausstellte, rund 15 Jahre lang zur See gefahren, ohne jemals zwischendurch ein Lebenszeichen von sich zu geben. Später hat er allerhand Seemannsgarn, vielleicht aber auch wahre Geschichten zusammengesponnen, wer weiß es schon, wo ja eh niemand dabei war. Im Indischen Ozean seien er und seine Kumpane gleich mehrfach von

Piraten gefangen genommen und ausgeraubt worden. Schließlich konnte zumindest er immer noch in letzter Sekunde fliehen, bevor sie ihn und den Rest der Besatzung umbringen wollten. Auch hätten ihn im Laufe der Zeit mehrmals eigentlich tödliche Krankheiten fast dahingerafft. Wie durch ein Wunder konnte er auch hier immer wieder dem Tod so gerade eben von der Schippe springen. Einmal sei er sogar durch den spontan veranstalteten, mit wirrem und wildem Geschrei untermalten Heilungstanz eines afrikanischen Medizinmanns urplötzlich von einem schweren Wahnfieber befreit worden, ob wir es nun glauben wollten oder nicht. Ich erinnere mich noch genau daran, wie Onkel Dietmar eines frühen Sonntagmorgens bei uns anrief und die ganze Familie aufweckte. »Hallo, Anne. Hier ist Dietmar. Ich bin wieder da!« Meine Mutter, noch im Halbschlaf, fragte zunächst eher teilnahmslos, wenn nicht gar ob der frühen Störung etwas verärgert: »Welcher Dietmar?«, worauf dieser trocken entgegnete: »Na, dein Bruder!« Noch heute sehe ich diese Szene vor mir, wie meine Mutter, kaum dass sie sich der Situation komplett bewusst geworden war, sich zunächst sprachlos zeigte und erst einmal besinnen musste.

Meinen anderen Onkel, Alfons, habe ich im Gegensatz zu Onkel Dietmar nie kennen gelernt. Er hatte bereits lange vor meiner Geburt Elternhaus und Heimatstadt in der Lüneburger Heide Hals über Kopf verlassen. Seitdem hatte man nie wieder etwas von ihm gehört und konnte ihn trotz Suchmaßnahmen auch niemals ausfindig machen. Warum er gegangen ist, weiß angeblich keiner so genau. Ich vermute eher, darüber wird nicht gesprochen. Eine meiner Tanten hat mir mal erzählt, dass ihm in jungen Jahren in der Nachbarschaft wohl eine große Ungerechtigkeit widerfahren sei. Man habe ihn verleumdet, habe ihm eine größere kriminelle Handlung angehängt, die in Wahrheit ein anderer begangen habe. Er habe gemäß dem Bericht meiner Tante keine Möglichkeit gehabt, sich dieser Ehrabschneidung zu erwehren, und habe, gedemütigt bis auf den Grund seines Stolzes, sein Heil nur noch in der Flucht suchen können. Meine eigenen

Versuche, über das Internet nach dem Verbleib von Onkel Alfons zu forschen, blieben ebenfalls erfolglos.

Das Gemeinsame meiner persönlichen Bezüge zu meinen beiden Onkeln ist die Tatsache, dass meine Mutter mir während der gesamten Dauer ihrer Abwesenheit immer wieder von ihnen erzählt hat, so dass ich permanent ein Bild von ihnen im Kopf hatte. Zwar waren beide immer irgendwie Phantasiegestalten für mich, jedoch habe ich stets die Vorstellung in mir getragen und aufrechterhalten, dass sie mir eines Tages gegenüber stehen und dann mit mir etwas mir Unbekanntes auf die Beine stellen würden. Schließlich waren sie ja, davon war ich immer felsenfest überzeugt, weit herumgekommen, weshalb ihnen bestimmt stets die außergewöhnlichsten Dinge einfielen. Nie hatte ich Angst davor gehabt, dass meine Onkel vielleicht auch irgendwelche dunklen und zwielichtigen Haderlumpen sein könnten, welche mir bei ihrem Auftauchen einen Schreck einjagen und tiefe Enttäuschung über ihre tatsächliche Erscheinung bescheren würden, so dass ich wohl eher auf der Stelle das Weite suchen denn freiwillig mit diesen verkommenen Gesellen auch nur einen einzigen gemeinsamen Schritt irgendwohin gemacht hätte. Nein. Stets war genau das Gegenteil der Fall gewesen: Immer wenn ich an meine beiden Onkel dachte, überkam mich eine von Spannung begleitete Vorfreude auf das Ungewisse, das sie mir bei ihrem Besuch sicherlich bieten würden, um mir, ihrem kleinen Neffen, eine große Freude zu bereiten.

Und aus genau diesen Überlegungen heraus habe ich halt beschlossen, den Tod als den bisher verabscheuungswürdigsten Widersacher meiner eigenen Existenz einfach umzuformulieren. Ich habe ihn zu einer Person gemacht, die zu meinem Leben gehört. Ich habe ihn zu einem nahen Verwandten erklärt, welcher eines Tages bei mir auftauchen wird, um mich abzuholen und dann einen langen Spaziergang mit mir zu machen oder eine Bootsfahrt über einen herrlichen See, oder mit mir für immer einen großen bunten Abenteuerpark zu besuchen, den noch kein Mensch kennt. Auf jeden Fall will er mir etwas Neues und ganz, ganz Spannendes zeigen. Schließlich hat der Tod schon einiges erlebt, er ist quasi der Fachmann für das Neue und Spannende. Auch hat der Tod bereits viele Menschen kennen gelernt und sich mit ihnen getroffen, hat sie wahrscheinlich an verlockende Orte entführt, die so schön waren, dass sie dort gar nicht wieder weg wollten. Tja, er kennt sich eben aus, der Tod. Und so jemanden habe ich nunmehr in der eigenen Verwandtschaft, könnte man sagen.

So also lebe ich nun, ganz beruhigt und mit der schönen Aussicht darauf, dass eines Tages vielleicht mein Onkel Alfons plötzlich vor der Tür steht, vielleicht aber auch mein neuer Onkel, der Tod. Denn auch er lebt ab jetzt mit und in mir, und ich habe keine Angst mehr vor ihm. Ach ja: Natürlich habe ich meinem neuen Onkel auch einen Namen gegeben, schließlich haben alle Verwandten einen Namen. Mein Tod heißt Paul. Vielleicht kommt er ja sogar noch vor Onkel Alfons zu Besuch. Ich halte es zudem nicht für ausgeschlossen, dass Onkel Paul bei ihm auch schon war. Er kann mir dann ja zeigen, wohin er mit Onkel Alfons gegangen ist, damit ich ihn endlich kennen lerne, den alten Abenteurer.

Günter Nuth

Misanthrop

Ich beuge mich über ihn, seine Augen trüben unbeweglich ein. Der Mund ist halb geöffnet, und über seine Lippen sickert die Körperflüssigkeit in den hellblauen Hemdkragen. Graue Schmauchspuren und schwarze Pünktchen umranden den kleinen Einschusskrater auf der Stirn. Ich fasse seinen Kopf behutsam mit beiden Händen und spüre im Anheben eine Masse an meinen Fingern, die mich an das Schweinsgehackte meines Dorfmetzgers erinnert. Die Kugel hat die Hinterseite des Kopfes in eine klaffende Schlucht zerrissen, aus der die Weichteile herausrutschen.

Du beobachtest mich vom Türrahmen her, verziehst keine Miene, wendest dich ab, drehst dich noch einmal kurz um und gehst durch die Diele nach draußen. Ich kann dir nicht einmal mehr das weiße Laken zeigen, mit dem ich gleich den Oberkörper in dem hellblauen Hemd abdecke. Als die Polizei zur Spurensicherung eintrifft, bist du unauffindbar.

Die meterhohen Flammen aus zwei Dachgeschossfenstern verdecken die Sicht zu den Schieferplatten, und der Qualm hüllt die Dächer der Nachbarhäuser in pulsierende schwarze Wolken. Werde ich dich wieder in meiner Nähe spüren? Zwei Bewohner in der brennenden Etage werden vermisst. Ich gebe zwei Wege zur Rettung vor. Treppenhaus und Drehleiter. Du kannst nicht überall sein. Meine Kollegen hasten mit Atemschutzgeräten, Schläuchen und Lampen bewusst nach oben in die Gefahr, deren Hitze uns Grenzen setzt. Wo wirst du uns behindern? In dem Korb der Drehleiter? Von hier aus suchen zwei Feuerwehrmänner entlang der Dachrinne Fenster für einen Zugang ins oberste Geschoss. Oder wartest du gleichgültig am höchsten Podest der Holztreppe, die von unten nach oben spiralförmig mit Schläuchen belegt ist? Gibst du uns den Eingang zur Wohnung frei?

Ich weiß, wo du stehst. Meine Kollegen sagen es mir am Funk. »Zugang ins Dachgeschoss zurzeit nicht möglich. Bekämpfen die Flammen mit zwei Rohren. Wasserdruck erhöhen!«

Das Fenster links in der Dachgaube taucht ab und zu zwischen den schwarzen Wolken auf und signalisiert uns durch die matte Zimmerluft, dass sich der gelbrote Flammenschein hierhin noch nicht verlaufen hat. Meine Mitstreiter schlagen die Scheiben ein, warten kurz ab, ob es eine Flammendurchzündung gibt, kratzen Glassplitter aus dem Fensterflügel und steigen mit Wasser am Strahlrohr in die Wohnung ein. Sie zerren zwei bewusstlose Personen an das zerschlagene Fenster, öffnen von innen die Flügel und halten die Hand ins Freie. Der Daumen im Handschuh zeigt nach oben. Eine weitere Drehleiter, auf deren Korb eine Krankentrage aufgesetzt wird, unterstützt die Rettung. Der sechzigjährige Wohnungsmieter und seine Frau werden dem Rettungsdienst übergeben.

Wolltest du sie mit dieser Rauchvergiftung nur vorwarnen, oder hattest du dich auf dem Weg zur Treppe verlaufen? Bei den Nachlöscharbeiten im Dachgeschoss wittere ich deinen Duft, mit dem du uns immer wieder reizt. Morgen fahre ich in Urlaub. Danach wechsle ich wieder für einige Schichten vom Löschzug auf den Rettungswagen. Gerate ich dann wieder in deinen Sog?

Sie sind selten stur oder überfordert, wenn sie mit ihrem Gefährt auf den Bürgersteig oder bei Rot meterweise in die Kreuzung rollen sollen. Ob wir das Martinshorn laufen lassen oder abschalten, sie kommen nicht weiter. Nicht an diesem Vormittag. Ihr Stau im Berufsverkehr auf der Merowingerstraße hält sie zusammen wie eine Blechlawine, die das Stadion nach einem Konzert verlassen will. Wir schlängeln uns im Gegenverkehr an ihnen vorbei.

Du hast mich längst erkannt, als ich den Rettungswagen verlasse und auf deine Insel zulaufe, die im Verkehrsfluss hektischen Menschen rettende Ufer verspricht. Du kannst nicht nach hinten fallen. Der gelbe Pfahl des Haltestellenschilds gibt dir zwischen deinen Schulterblättern genügend Halt. Müllreste in dem Abfalleimer hinter deinem Rücken ragen spitz hervor, als würden alte Milchtüten aus deiner Taille wachsen. Bin ich zu spät? Du erinnerst mich mit deinen verschränkten Armen an meinen Fußballtrainer, wenn er versucht, mit seinem Jetzt-zeigt-mal-wie-gut-ihr-seid-Blick und seiner abwartenden Haltung durch kleine Gesten Einfluss auf das Spiel zu nehmen.

Wir sehen sie beide an. Sie liegt vor uns unter der Straßenbahn, eingeklemmt zwischen Vorderachse und dem Schotterbett. Ich tippe ihr Alter auf ungefähr fünfundfünfzig und soll Recht behalten. Ich schiebe meine Silberkoffer auf die Bürgersteigplatten der Insel, klappe sie auf, und für den Versuch, einen Zugang zu legen, robbe ich über die spitzen Steinblöckchen des Schotters zu ihrem Arm. Meine Kollegen fahren den Stromabnehmer herunter, setzen die Heber an und warten, bis ich nach meiner Nadelaktion aus dem Bug der Bahn hervorluge. »Lasst euch Zeit, Schädel ist gespalten!« Herausgeholt und abgedeckt. Ich knie vor meinem Koffer, klappe das EKG-Gerät zusammen und schaue nach oben. Vor mir das Haltestellenschild, die Milchtüten und der Name der Stadtreinigung auf dem Abfallbehälter. Wo bist du?

Der Marmorkuchen steht in großen Stücken auf dem Tablett unserer Kantine. Ich denke immer wieder an deine verschränkten Arme, während mir die Mischung aus Tee und essbarem Sand Gaumen und Hals verklebt. Heute möchte ich dir nicht mehr begegnen. Nicht in dieser Schicht. Diesmal soll ich nicht Recht behalten. Der Vierfach-Gong, der tagsüber Schüler oft erlösend in die Pausen schickt, zwingt uns zu raschem Abmarsch über Treppen und an Stangen in rote und weiße Fahrzeuge mit Blaulicht.

Wie viele mögen an ihm vorbeigefahren sein, ohne zu wissen, dass er an der Böschung zwischen den Bäumen liegt? Auf dem Dach. Wir sichern unsere Fahrzeuge mit Verkehrsleitkegeln ab und sehen ihn mit seinen Rädern nach oben wie ein strampelnder Maikäfer auf seinem Rücken.

Warst du bei dem Überschlag dabei? Hast du dich nicht verletzt? Du sitzt an der Leitplanke, während wir mit Infusionen, Blutdruckmanschetten, Hydraulikscheren, Holzklötzen, Beatmungsgeräten, Feuerlöschern und Vakuummatratzen den schaflosen Damm in Schräglage hinunterlaufen. Dein Blick ist entgeistert, gejagt und verwundert wie der von Laborratten, an denen wieder ein neues Medikament getestet wird. Manchmal trägst du deinen Kopf so hoch, dass ich in deinem Nacken ein Doppelkinn erkenne. Nach dreißig Minuten teilen wir uns die Patienten. Einen für dich, einen für mich.

Das mit dem Bonbon ist nicht fair von dir. Ich bin außer Atem nach diesen fünf Treppen, und mein Herz rast nach der Blaulichtfahrt. Ich verliere Zeit, weil ich den Notarzt nachbestellen muss, und André nebenan klopft unaufhaltsam zwischen die Schulterblätter. Wir halten die Vierjährige kopfüber zum Küchenboden, rütteln und schütteln sie, als sollte der letzte Cent noch aus dem Sparschwein herausfallen.

Du stehst am Küchenfenster neben dem gewellten Vorhang und fährst zur blauen Gesichtsfärbung des Kindes noch einmal alles auf, was du an Arroganz und Staralüren zu bieten hast. Jetzt würde ich dich gerne im Dunkeln mit einer Kettensäge besuchen. Komm, gib uns noch eine Chance. Die weinende Mutter steht dir gegenüber und sieht, wie André den Brustkorb des Kindes in seinem Schraubstock aus Armen ruckartig zusammenpresst. Anatmen und ersticken. Hättest du dir dafür nicht besser heute einen Neunzigjährigen auswählen können? Das halb geöffnete Fenster hinter dir lässt das lauter werdende Martinshorn des Notarztes an unseren Treffpunkt hallen.

Gibst du der Mutter jetzt noch einen Hoffnungsanker, oder müssen wir uns gleich wieder hündisch ergeben? Ein scharfes Geräusch. Als wäre eine Sechskantschraube vom Tisch auf den Kachelboden geschlagen. Eine Vierjährige atmet selbstständig und schreit gleichzeitig. Der Notarzt steht im Türrahmen. Er bemerkt nicht, dass du gerade an ihm vorbeigehst Mein weißes T-Shirt ist nass. Ich triefe vor Zufriedenheit.

Mario hat heute für uns gekocht. Wirsing untereinander. Mit Mettwürstchen. Wir sitzen in der Kantine der Feuerwache, lächeln mit dunkel gesprenkelten Zähnen und reden mit vollem Mund. Über dich. Meine Kollegen kehren von einer Fehlgeburt zurück, und wir fragen uns, warum du nicht gestern Abend in der Wertherstraße den Gashahn wieder zugedreht hast. Der scharfe Senf an der Mettwurst schießt mir drei Tränen in die Augen. Ich ziehe die Nase hoch. Manchmal spüre ich, wie du neben mir am Tisch sitzt.

Thomas Friedt

Romeos Roman

Frierst du, Romeo? Soll ich dir eine Decke bringen?«
Sein richtiger Name ist Roman, doch da sie Julia heißt, nennt
sie ihn eben Romeo. Sie findet das romantisch; außerdem lieben sie
beide Shakespeare.

Er antwortet nicht, sitzt einfach nur stumm in seinem Schaukelstuhl
und starrt durch die mit Eisblumen verzierten Scheiben des Winter-
gartens, hinaus auf seine Scholle, auf Bäume, Wiesen und abgeerntete
Felder, über denen Dunstschwaden aufsteigen. Letzte Nacht ist die
Temperatur zum ersten Mal unter null gefallen, und am Morgen war
die Landschaft mit einem Zuckerguss aus Raureif bedeckt.

»Dann eben nicht«, murmelt sie und vertieft sich wieder in ihr
Taschenbuch, während die Klänge des *Agnus Dei* aus Mozarts Re-
quiem das Haus erfüllen. Doch Julias Gedanken schweifen ständig
ab, und sie sehnt sich plötzlich nach einer Zigarette.

Seltsam, dieses Verlangen, denkt sie, nach fünf Jahren der Absti-
nenz. Muss am Herbst liegen:»Abenddämmerung des Jahres«, wie
Romeo ihn zu nennen pflegte.

Im Oktober vor sechs Jahren haben sie sich kennen gelernt. Romeo war beim Spazieren einen Abhang hinabgestürzt und hatte sich
den linken Knöchel und zwei Rippen gebrochen. Er lag bereits seit
über zwei Stunden dort unten, als sie seine Hilferufe hörte, zu ihm
hinunterkletterte und mit dem Handy die Ambulanz alarmierte. Drei
Tage später besuchte sie ihn zum ersten Mal im Krankenhaus, und
nachdem er wieder genesen war, gingen sie regelmäßig zusammen
spazieren. Wurden Liebende. Ein Jahr später zog sie zu ihm in sein
abgelegenes Hexenhaus am Waldrand.

Das Abendlicht ergießt sich in den Wintergarten wie flüssiges Bern-
stein, in dem noch ein letzter Hauch von Sommer mitschwingt, die

Natur noch einmal in Farbe schwelgt, bevor sich bald schon (*zu bald*, denkt sie wehmütig) das Weißgrauschwarz des Winters über die Landschaft legen wird.

Für Romeo war der Herbst immer »die heiligste aller Jahreszeiten«, »ein letztes Aufbäumen des Lebens an der Schwelle zum Tod«, »Dualitäten, die sich berühren«.

Ach, wie sehr sie seine ausschweifenden Wortgemälde liebt, sein »Tauchen im Wörterpool«, wie er es ausdrückt. In ihren Augen ist es eher ein Wörter*meer*, ein unendlich weiter und tiefer Ozean, auf den er tagtäglich hinausfährt, seine Netze auswirft und sie, gefüllt mit zappelndem, silbrig glänzendem Leben, wieder einholt. Kaum etwas in ihrer Umgebung, das nicht mit irgendeiner seiner Metaphern verknüpft ist: ihr Gesicht »das Antlitz eines Cherubs«, das Haus »eine Trutzburg mit Mauern aus Liebe«, der Wald vor ihrem Haus »eine Wehr im Weltengetöse«.

Warum bist du nicht bei deinen Gedichten geblieben, warum musstest du unbedingt diesen Roman schreiben, verdammt? Die Wut über seinen Verrat treibt glühende Nägel in Magen und Herz.

Sie waren einander so ähnlich, so nah: Mitte dreißig, einsam, alleinstehend, mit ängstlich aufgerissenen Augen durch ein Leben taumelnd, das ihnen keine Heimat bot, mit einer Kindheit im Gepäck, gegen die sich Shakespeares Dramen wie Kasperletheater ausnahmen. *Seelenverwandt* hätte sie es genannt, wenn das Wort nicht so pathetisch geklungen hätte.

Sie betrachtet ihn eine Weile, sieht ihn dasitzen, unbewegt, in Betrachtung von etwas versunken, das ihre Sinne nicht wahrnehmen können. Es schmerzt sie mehr als alles andere zu wissen, dass es Türen in seinem Geist gibt, die ihr verschlossen bleiben. Das ist für sie, die kaum je von seiner Seite weicht, alles mit ihm teilt, fast unerträglich. Sie – und *nur sie* – hat damals die verborgene Schönheit in ihm gesehen und sie zum Leben erweckt. Heute, sechs Jahre später und trotz des Graus im Dickicht seiner langen schwarzen Locken, sieht er noch immer unglaublich jung aus.

»Ich werde heute Abend dein Lieblingsessen kochen, Romeo. Kalbs-braten mit Kartoffelpüree und Erbsen«, versucht sie zu ihm durch-zudringen, doch er hüllt sich weiter in Schweigen. Seit Tagen schon ignoriert er sie. Sie spürt das Wuttier in ihrem Bauch die Krallen wetzen. Manchmal würde sie Romeo am liebsten schütteln, ihn an-schreien: Verdammt, warum redest du nicht mehr mit mir? Schließ mich nicht aus, hörst du? Sie weiß, sie wird es nie mit seinem Intellekt, mit seiner Wortgewalt aufnehmen können, doch »die Erde zu sein, die von der Sonne umkreist wird«, war ihr stets genug. Seine Gedichte als Erste (und Einzige) zu lesen – mehr braucht sie nicht.

Warum musstest du diesen verdammten Roman schreiben? Sie spürt wieder diese furchtbare Angst in sich, die ihr vor zwei Wochen wie eine Abrissbirne in den Magen fuhr. Sein neuestes Werk war kein Gedicht mehr, nein, ein Roman. »Romans Roman«, wie er verlegen grinsend meinte.

Sechshundert Manuskriptseiten!

Einhundertachtundfünfzigtausend Wörter!

Und sie hatte nichts davon gewusst.

Er hatte an dem Ding geschrieben, während sie schlief, spazie-ren ging, das Postfach leerte, Einkäufe machte. Sie konnte es nicht glauben, kann es bis heute nicht, fühlt sich, als hätte er sie mit einer anderen Frau betrogen.

Lyrik war keine Gefahr. Wer las denn heute noch Gedichte? Ge-schweige denn druckte sie? Außerdem hatte er ihr stets geglaubt, wenn sie ihm sagte, seine Werke seien zwar gut, aber noch nicht *gut genug*, er müsse noch besser werden. Was im Grunde ja auch stimmte. Seine Selbstzweifel, seine Menschenscheu waren ihr dabei stets ent-gegengekommen. Er ging nur selten aus dem Haus, und wenn, dann nur bis zu den Grenzen seines riesigen Stück Landes, das er beim Tod seiner Eltern geerbt hatte – zusammen mit dem Vermögen, von dessen Zinsen sie lebten.

Waren seine Gedichte kleine Perlen gewesen, so war dieser Roman ein wahres Perlen*collier*. Sie las das Manuskript in einem Zug durch, dreiundzwanzig Stunden, ohne zu essen und zu schlafen, vom Sog der Geschichte förmlich aus der Realität gerissen. Ihr Staunen, ihre Erschütterung wuchsen mit jeder Seite, wurden zu Ehrfurcht, dann zu Angst und schließlich zu Panik. *Was, wenn er es jemandem zeigt, es einem Verlag schickt? Ich werde ihn verlieren! An die Welt! Dieser Roman wird ihn zu einem Gott machen! Ich werde ihn verlieren verlieren verlieren* ...

Das Werk hieß *Kinderkrieger* und war eine verklausulierte Autobiografie, doch das wusste nur sie, die ihn als einziger Mensch wirklich kannte.

»Wie lange hast du daran gearbeitet?«, fragte sie, ihre Stimme kaum mehr als ein Krächzen.

»Zehn Jahre.«

Zehn Jahre, wiederholte sie im Geiste. Zehn Jahre. Also noch bevor sie ihn kennen gelernt hatte. Das tröstete sie ein wenig.

»Warum hast du mir nie etwas davon gesagt?« *Es mir verheimlicht, es vor mir versteckt,* fügte sie in Gedanken hinzu.

»Weil ich noch bis vor kurzem nicht daran glaubte, es hinzukriegen. Technisch, emotional, psychisch. Verstehst du?« Seine Augen leuchteten.

Sie konnte nur nicken. Ihr fehlten die Worte, und ihr Verstand flatterte umher wie ein Kolibri im Käfig.

»Und?« Er musterte sie erwartungsvoll, der Blick fest, frei von Angst.

»Was?«

»Wie findest du das Buch?«

Sie wusste, dieses Mal würde sie ihn nicht belügen können. Er hatte sie während des Lesens beobachtet, ihre Mimik und Körpersprache studiert, ihre Tränen, ihr Lachen gesehen.

Ich muss ihn beschützen. Beschützen vor der Welt da draußen, vor den Menschen, die ihn mit Haut und Haaren verschlingen werden, falls sie von diesem Manuskript erfahren! Er war doch noch ein Kind, ein Erwachsener nur in der Welt seiner Worte.

»Es ist gut«, sagte sie.

Er nickte. Lächelte.

»Hast du eine Kopie davon gemacht?«, fragte sie.

Er schüttelte den Kopf. Nein, noch nicht, antwortete er, es gebe bisher nur dieses eine Exemplar. Ob sie morgen zum Copyshop gehen und zwei Kopien davon machen lassen könne?

Natürlich, sagte sie.

Noch in derselben Nacht verbrannte sie das Manuskript im Kamin.

Ach, wie sehr sie das Klappern seiner Schreibmaschine vermisst, das *Tleck, tleck, tleck* seiner alten Olivetti. Seit sie das Manuskript verbrannt hat, schreibt er nicht mehr, sitzt nur noch herum, lässt sich gehen. Und, was am schlimmsten ist – er beginnt zu riechen.

Ihre Gedanken kehren wieder in die Vergangenheit zurück.

»Du hast das Manuskript *verbrannt?*« Er war nicht wütend, *noch nicht*, konnte es nur einfach nicht glauben. »*Du. Hast. Das. Manuskript. Verbrannt?*«

Sie versuchte ihm zu erklären, warum sie es hatte tun müssen. Er würde da draußen zu Grunde gehen, gefressen werden von den Hyänen, doch er wollte einfach nicht verstehen, sah nicht die Größe ihrer Tat.

»Verbrannt ... zehn Jahre Arbeit ... zehn Jahre Arbeit ...« Er fasste sich an den Kopf, raufte sich die Haare. »Zehn Jahre Arbeit ...« Er sagte es immer wieder, bis sie es nicht mehr hören konnte.

»Es ist besser so, Romeo, glaub mir.«

Er geriet immer mehr in Rage und sagte all diese hässlichen Dinge zu ihr, Ausdrücke, die sie nie zuvor aus seinem Mund gehört hatte, diesem Mund eines Poeten, der sie noch vor einer Stunde geküsst und liebkost hatte. Als er dann auch noch auf sie einschlug und sie eine »völlig Durchgeknallte« nannte, brach etwas in ihr entzwei. Sie begann zu weinen, er stürmte aus dem Haus, warf die Tür hinter sich zu und kehrte erst vier Stunden später zurück.

»Ich will, dass du gehst«, sagte er mit leiser Stimme, ohne sie anzusehen.

»Was?«

»Ich will, dass du aus diesem Haus und aus meinem Leben verschwindest.«

Sie wusste, er meinte diese Worte nicht ernst, sie waren seiner momentanen Erregung zuzuschreiben, dennoch nickte sie, um ihn nicht noch mehr gegen sie aufzubringen. Sie war sich sicher, morgen schon würde er sich wieder beruhigt haben, und alles war wieder gut.

Sie würde, sie konnte, sie *durfte* nicht gehen. Ohne sie war er nicht lebensfähig, sie beide gehörten zusammen, Romeo und Julia, für immer und ewig. Sie würde einen Weg finden, o ja, das würde sie, er würde sie nicht verlassen. Niemals.

»Liebster, frierst du?« Sie streicht ihm mit den Fingerspitzen über die eiskalten Wangen.

Nach dem Abendessen beschließt sie, ihn in den Keller zu bringen. Dort unten ist es schön kühl.

Edith Kramer

Die Zustellerin

D as Einstellungsgespräch fand im vierzehnten Stock statt.
In der Ferne sah sie grüne Hügel, bevor sie der Aufforderung,
Platz zu nehmen, nachkam.

Der Personalchef musterte sie unverhohlen von oben bis unten. Sein
Blick blieb an ihrer Ananasfrisur hängen.

Arrogantes Arschloch, dachte sie und biss sich auf die Unterlippe.
Saß den ganzen Tag auf seinem dicken Hintern. Tässchen Espresso
zwischendurch. Stellte Leute wie sie ein, warf sie wieder raus, wenn
sie nicht mehr gebraucht wurden. Musste nicht so einen bescheuerten
Karren bei Wind und Wetter durch die Gegend wuchten.

Die Probezeit stand sie durch, trotz der Schikane. Ständig musste sie
einspringen. Kannte sich dann nicht aus. Kam oft spät nach Hause.

Dann wurden die Bezirke neu eingeteilt. Der Karren war jetzt noch
schwerer. Ließ sich kaum lenken. Wie sie diese dämlichen Kataloge
hasste. Die Zeitungen am Donnerstag. Konnten die Leute sich ihre
Zeitung nicht am Kiosk kaufen?

Nein, man ließ bringen.

Wenn sie nach Hause kam, roch sie nach Schweiß, fühlte sich wie
ein matschiger Pfannkuchen. Die Knie pochten heiß.

Manchmal schlief sie bei Kallwass ein und wachte zum Vorabend-
programm wieder auf.

Sie brauchte das Geld. Eine Sperrzeit beim Arbeitsamt war nicht
drin. Seit Rolf ausgezogen war, musste sie die fünfhundert Euro
Miete alleine zahlen.

Die Ärmel ihrer Arbeitskluft scheuerten unter den Achseln. Aber
besser als im Häubchen Hamburger braten, oder bei Aldi an der Kasse.
Für Bewegung an der frischen Luft gaben andere Leute Geld aus.

Mit dem Rechtsanwalt fing es an. Regte sich auf, weil sie spät dran
war. Er habe schließlich keine Tageszeitung abonniert, damit er sie

erst zum Nachmittagskaffee lesen könne. Sollte er doch die Zeitung lesen, die um fünf Uhr morgens ausgetragen wurde.

Jeden Tag lauerte er ihr auf. Schaute auf die Uhr, als müsse er Protokoll führen.

Gern wäre sie ihm mit dem Wagen über seine langen Füße in den lächerlichen Sandalen gefahren.

Dann erwartete er wichtige Post. Mit seinen Habichtaugen verfolgte er jeden ihrer Schritte, schaute vorwurfsvoll, als sie nur die Zeitung brachte.

Schließlich war ein Luftpostbrief für ihn dabei.

Wieder stand er in der Haustür, schaute auf die Uhr.

Sie zögerte, ließ den Brief in der Packtasche zurück.

Sollte er doch ein wenig schmoren.

Zusammen mit ein paar Katalogen ließ sie den Brief in ihrem Zwischendepot liegen.

Am nächsten Tag stand er, an den schmiedeeisernen Gartenzaun gelehnt, vorm Haus, schaute auf die Uhr, als sie an ihm vorbeiging. Schwieg. Die Haustür stand offen.

Ihre Hände zitterten, als sie Briefe, Postkarten, Reklamesendungen in die Briefkästen steckte. Seinen Brief hatte sie nicht dabei.

Sie kam aus dem Hausflur, musste erneut an ihm vorbei, spürte seinen Blick im Nacken, schob den Karren vor das Nachbarhaus.

Hämisch grinsend kam er hinter ihr her, fuchtelte mit einem Brief herum.

Kein Wunder, dass sie so lange brauche, wenn sie so unkonzentriert arbeite, sabberte er, der aufgeblasene Spießer. Spielte sich auf, als wäre er ihr Vater.

Mit spitzen Fingern reichte er ihr den falsch eingeworfenen Brief.

Sie nahm den für ihn bestimmten Luftpostbrief mit nach Hause und las ihn.

War von einer Ingrid. Die war offensichtlich weggefahren, um zu überlegen, ob sie sich endgültig von ihm trennen wollte. Meine Güte, dafür hätte sie nicht nach Amerika fliegen müssen. Was gab es da groß zu überlegen?

Den Brief verbrannte sie. Asche ins Klo, wie in einem Krimi.

Beim nächsten Zusammentreffen vor der Haustür hätte sie ihn am liebsten gefragt, ob er Post von der lieben Ingrid erwarte.

Einen weiteren Brief ließ sie auch verschwinden. Den dritten ebenfalls. Dann kam keiner mehr.

Schmal sah er aus, der Herr Rechtsanwalt, wie eine graue Spitzmaus.

Im August wurde ihr das mit den Katalogen zu viel. Sie beschwerte sich bei ihrem Vorgesetzten über den zu großen Bezirk. Mit der Zeit würde sie schneller werden, hieß es.

Sie ließ einen Teil der Kataloge im Depot liegen. Ein paar Briefe gerieten auch darunter.

Nach drei Tagen fielen ihr die Kataloge entgegen, als sie den grauen Metallcontainer öffnete.

Sie wartete, bis es dunkel wurde, fuhr mit dem Rad hin, packte alles in eine Reisetasche und warf das ganze Zeug in einen Papiercontainer. Ein paar Briefe nahm sie mit nach Hause. In einem waren fünfzig Euro.

Sie leistete sich eine Flasche Cognac. Feierte.

Fremde Post lesen, Cognac trinken, das hatte was.

Jetzt kam sie pünktlich nach Hause. Stand ihr schließlich zu. Freitags leerte sie das Depot, passte höllisch auf, dass sie niemand beobachtete.

Eine Bahncard war dabei. Die Frau auf dem Foto sah ihr tatsächlich ähnlich, das Alter kam auch hin. Vielleicht würde sie demnächst mal die Monika besuchen. Ob die noch da wohnte? Sie hatte nie verstanden, wieso die vor zwei Jahren weggezogen war.

Scheckkarten zerschnitt sie mit der Schere in Streifen und warf sie in den Plastikmüll. War nichts damit anzufangen.

Gelegentlich wurde sie angesprochen. Nach heiß ersehnter Post gefragt. Sie zuckte mit den Achseln, sagte »ist nichts dabei«, ging weiter.

Sie nahm einen Edelkatalog mit nach Hause. Teure Klamotten, Haushaltsgeräte, Möbel, Uhren. Geschmackloses Zeug zu utopischen Preisen, wenn man sie fragte.

Der Katalog war für Frau Doktor Marianne Becker. Eingebildete Schnepfe. Ging ihr auf den Wecker. Immer erwartete sie gaaanz wichtige Post. Wieso waren die Leute eigentlich ständig zu Hause? Sie bestellte drei kackbraune Männerkordhosen für Frau Doktor. Und eine sauteure Uhr. Die Kollegen würden ein nettes Paket samt Rechnung an die Gnädigste liefern.

Keiner käme auf die Idee, dass die fleißige Postbotin so etwas machte.

Wenn sie nach Hause kam, schaltete sie den Fernseher an, kochte sich einen Kaffee. Kleines Gläschen Cognac dazu. Das hatte sie sich verdient. Dann erledigte sie ihre Post.

Schaute Briefe durch, ob was Lohnendes dabei war. Manche las sie laut vor. Die fürs Herz.

Sie achtete darauf, dass sie nicht immer die Briefe derselben Leute verschwinden ließ.

Von den Frauenzeitschriften löste sie die Adressaufkleber ab und schenkte sie ihrer Nachbarin. Vorher blätterte sie die Hefte durch, machte bei den Preisrätseln mit.

Den Kollegen ging sie aus dem Weg. Keine Zeit für Geburtstagsumtrunke und den ganzen Quatsch. Sie machte ihre Arbeit und fertig. Einmal sagte sie, ihr Freund wolle das nicht. Sollten die doch denken, was sie wollten.

Der Heinz vom Nachbarbezirk, der schaute sie manchmal so komisch an. Wollte der was von ihr, oder was war mit dem? Sie musste aufpassen, dass sie es nicht übertrieb und zu früh mit dem Verteilen fertig war. Und sie sollte Briefe und Postkarten mal wieder aus der Wohnung schaffen.

Man wusste ja nie, wer plötzlich vor der Tür stand. Da war ganz schön was zusammengekommen.

Letzten Mittwoch erschrak sie fast zu Tode. Da stand plötzlich eine Frau hinter ihr, als sie die zweite Ladung Post aus dem Depot in den Karren hievte.

»Ach, das habe ich ja noch nie mitgekriegt«, wunderte die sich. Das Herz schlug ihr bis zum Hals, aber sie drehte sich um und antwortete freundlich: »Ja, es gibt überall in der Stadt diese Depots. Alles auf einmal, das schaffen wir gar nicht.«

»Da haben Sie ganz schön zu tun, Sie Ärmste«, flötete die Frau mitfühlend und ging weiter. Genau so war es. Sie nickte und sperrte mit dem Vierkant die Stahltür zu. Hoffentlich stand abends nicht mal jemand hinter ihr.

Sie hatte diese Tante gar nicht kommen hören. Gestern war ein Briefkuvert von einem Reisebüro an Herrn Wittlich unter der Post gewesen. Das war dieser Typ mit dem BMW, der Angeberheini. Führte immer diesen fetten Hund spazieren. Ohren bis zum Boden. Ekelhaft. Er mit öligen zurückgekämmten Haaren. Hielt sich für was Besseres. Wie sie ihn hasste!

Flugtickets nach Lanzarote. Da gab es doch diese schwarzen Strände. Für zwei Personen. Abflug in einer Woche. Schade, dass sie nichts damit anfangen konnte, es standen die Namen drauf. Sie zerriss die Flugscheine.

Sie sah den Kerl schon beim Reisebüro anrufen und sich beschweren. Der würde den Angestellten sicher die Hölle heiß machen, der schmierige Klemmarsch.

Heute früh hatte der Abteilungsleiter ein Schreiben von der Personalabteilung für sie gehabt. Termin beim Personalchef. Übermorgen. Vielleicht eine Gehaltserhöhung. Oder eine Stelle im Innendienst.

Da hätte sie gar nicht mehr so viel Spaß. Keine Liebesbriefe mehr. In drei Monaten war Weihnachten. Da wurde Bares verschickt.

Zu Hause wollte sie gleich duschen, sich ein Gläschen gönnen. Am Abend gab es einen Krimi mit Iris Berben. Vorher musste sie die liegengebliebene Post wegschaffen. Ein kleiner Stapel lag noch unbesehen neben ihrem Fernsehsessel. Sie würde sich eine Pizza Hawaii kommen lassen. Es war schließlich Samstag.

.

Jürgen-Thomas Ernst

Eine italienische Reise

Das ist die Geschichte des dreiundfünfzigjährigen ledigen Bauern-
sohnes Josef Preininger, der sich infolge der so genannten Mitt-
lebenskrise zu der kurzsichtigen Unternehmung hinreißen ließ, mit
dem Fahrrad eine Reise von Feldkirch nach Genua auf sich zu nehmen, obwohl er sich bis zu diesem Zeitpunkt noch nie ins Ausland
begeben hatte und mit einem Fahrrad niemals weiter als in den Nach-
barort gefahren war. Zwei Wochen nach der Abreise erhielt seine
vierundachtzigjährige Mutter Veronika, die ihren Sohn schon vor
Tagen zurückerwartet hatte, einen Brief mit folgendem Inhalt:

Verona, den 16. Oktober 2006

Liebe Mutter,
wundere dich nicht, dass ich dir aus Verona schreibe, das weitab von
meiner geplanten Reiseroute liegt. Unglückliche Zufälle haben meine
Reise zu einer Tragödie ausarten lassen, die ich höchstens mit dem
Brand unseres Schweinestalls im Jahre siebenundsechzig vergleichen
kann.
   Ich weiß, dass du dich strikt geweigert hast, meiner Reise an den
Golf von Genua zuzustimmen, bis du schließlich sagtest, ich solle
zur Hölle fahren, als ich dir mitteilte, ich wolle wenigstens einmal
im Leben das Meer sehen. Ich darf dir versichern, dass ich während
meiner Reise sehr oft an diesen schrecklichen Satz denken musste.
   Jetzt darf ich dir auch anvertrauen, weshalb ich mich damals nicht
für den steirischen Bergkäse und die Pferdewürste als Wegzehrung
entschieden habe, wie du mir geraten hast, sondern für die vierzig
Mastochsenfilets mit Kräuterkruste, deren Zubereitung dir körperlich
erhebliche Mühe bereitet hat. Aber ich hatte gute Gründe, dir diese

117

Strapazen abzuverlangen. Ganz abgesehen von der unglaublichen Kraft, die einem Mastochsenfilet innewohnt – du kannst dich gewiss noch an den Tag erinnern, als ich unseren Nachbarn, der einen Kopf größer ist als ich, nach dem Verzehr mehrerer Mastochsenfilets krankenhausreif geprügelt habe, als er mit seinem Geländewagen unseren Viehtriebweg blockierte. Die Kraft, die mir deine Mastochsenfilets verleihen, war jedoch nur ein Gesichtspunkt, mich für diesen Reiseproviant zu entscheiden. Mein Hauptgrund war die Gewissheit, stets mit dir verbunden zu sein, wenn ich einen Bissen dieses Filets in meinen Mund schiebe. Nur diese Überlegung war mir letztlich wichtig.

Kurzum: Als ich am zweiten Oktober Feldkirch in freudiger Erregung Richtung Süden verließ, glaubte ich, mit den Vorbereitungen den schwierigsten Teil meiner Reise überstanden zu haben, was sich jedoch leider als Irrtum erwies.

Beim Grenzübertritt zum Fürstentum Liechtenstein untersuchte der Zöllner meine Gepäcktaschen. Wenig später erschien er mit einem Spürhund, worauf mir augenblicklich das Blut zu Kopfe stieg. Ich fürchtete um meinen Reiseproviant. Als mich der Zöllner dann befragte, weshalb ich in meinem Gepäck zwei Frischhaltedosen samt Kühlelementen mit jeweils drei Kilogramm Mastochsenfilets, ein Behältnis mit vier Kilogramm sautierten Steinpilzen und Maisnockerln sowie sechzehn Liter stilles Vöslauer Mineralwasser mitführte, versicherte ich ihm glaubhaft, dass diese Lebensmittel ausschließlich für den Eigenbedarf bestimmt seien und ich keinen gewerblichen Handel damit beabsichtige, so dass er mich wenig später weiterfahren ließ.

Liebe Mutter, du weißt, dass mein Plan darin bestand, mich während der gesamten Fahrt ausschließlich von den mitgenommenen Lebensmitteln zu ernähren, da wir nur das essen, was wir kennen. Mit Grauen denke ich an unsere tragische Erfahrung im Spätsommer des Jahres vierundneunzig zurück, als wir uns in Dornbirn aus purem Leichtsinn in ein chinesisches Restaurant begeben hatten und es noch Tage später bitter bereuen mussten.

Du weißt auch, dass ich anlässlich meiner italienischen Reise für sieben Tage Proviant mitgeführt habe. Leider hielten meine

Berechnungen nur bis zur ersten Straßensteigung der Wirklichkeit stand, als ich feststellen musste, dass sich der Vorderreifen meines Fahrrades unter der Last der vollen Reisetaschen am Gepäckträger, im Gesamten gut und gerne vierzig Kilogramm, bedrohlich vom Asphalt hob, so dass ich befürchten musste, bei einer noch größeren Steigung von meinem Fahrrad abgeworfen zu werden.

Sofort hielt ich an, erwärmte auf meinem Gaskocher drei Mastochsenfilets mit den dazugehörenden Beilagen und verzehrte alles mit gutem Appetit. Da die erwartete Gewichtsverlagerung auf dem Fahrrad jedoch leider ausblieb, musste ich wenig später erneut anhalten und sechs Liter stilles Vöslauer Mineralwasser, ein halbes Kilo sautierter Steinpilze sowie zehn Mastochsenfilets aussetzen wie ungewollte Haustiere. Niedergeschlagen über diesen Verlust, bestieg ich das Fahrrad und fuhr weiter. Du kannst dir vorstellen, wie sehr mir das Herz blutete, als ich hinter meinem Rücken die kläffenden Hunde vernahm, die sich kurz darauf gierig auf deine allerbesten Mastochsenfilets stürzten.

Liebe Mutter, verzeih, dass ich einer kurzen Erholung bedarf. Die hilfsbereite Krankenschwester hat mir vorhin mit Klebeband einen Bleistift zwischen Daumen und Zeigefinger befestigt, damit ich dir schreiben kann. Aber das Schreiben strengt mich sehr an und ermüdet ungemein.

Nach einer halbstündigen Pause darf ich dir weiter von meiner tragischen Reise berichten.

Am folgenden Tag erreichte ich den San-Bernardino-Pass. Hatte das Gewicht des Fahrrades meine Geschwindigkeit bei der Bergauffahrt sehr gehemmt, so sollte sich dieser Umstand bei der folgenden Abfahrt auf grausame Weise ins Gegenteil verkehren. Bereits nach den ersten Kehren, die ins Tal hinabführten, musste ich feststellen, dass Zentrifugal- und Schubkraft der mitgeführten Filets und Mineralwasserflaschen erheblich auf mein abwärts rollendes Fahrrad einwirkten. Alles beschleunigte sich dermaßen, dass ich bereits zwei Kehren später nicht mehr über die nötige Kraft verfügte, das zu Tal rasende Rad unter Kontrolle zu halten. In meiner Verzweiflung versuchte ich einen radikalen Stillstand zu erzwingen, was zur Folge hatte, dass das Hinterrad ausbrach und ich von der Fahrbahn schlitterte. Als ob dies nicht genug gewesen wäre, zerbarst dabei die linke Radtasche. Schmerzerfüllt blickte ich vom Graben auf die Straße – nein, nicht wegen der Schürfwunden, die ich mir bei diesem Sturz zugezogen hatte, sondern wegen deiner Mastochsenfilets, die schutzlos dem Straßenverkehr ausgeliefert waren. Unglücklicherweise musste ich tatenlos zusehen, wie drei friedlich nebeneinander liegende Filets wenig später von den Zwillingsreifen eines Lastwagens erfasst und platt gedrückt wurden. Ich habe danach Fotos von den verunglückten Filets gemacht, die ich dir zeigen werde, wenn ich wieder zu Hause bin.

Trotz der Schürfwunden setzte ich meine Reise fort. Ich gebe zu, dass ich mich in den folgenden Tagen bei der Berechnung der täglichen Filetrationen erheblich verkalkuliert habe. Aber das erzwungene Aussetzen von zehn Mastochsenfilets, der ausufernde Appetit in den Bergen, der Verlust der Hälfte meines Filetvorrates infolge des Sturzes, der ständige Durst aufgrund der unglaublichen italienischen Herbsthitze – all das waren Umstände, die sich in weiterer Folge sehr nachteilig auf den Verlauf meiner Reise auswirken mussten.

Kurz vor Alessandria, also erst auf halber Strecke nach Genua, waren meine gesamten Vorräte aufgebraucht. Wie ich dir versprochen habe, befolgte ich den Rat, kein italienisches Wasser zu trinken, da ein solches, wie du immer betontest, für einen österreichischen Landbewohner ungenießbar ist und unter Umständen sogar zum Tod führen kann. Ich trank so lange nichts, bis mir die Zunge wie ein Lederlappen aus dem Mund hing, worauf ich mit sämtlichen Vorsätzen brechen musste und beschloss, ein Lebensmittelgeschäft aufzusuchen. Leider kam es nicht mehr dazu. Einige Kilometer vor Acqui Terme fuhr ich, aufs Grausamste von Durst und körperlicher Erschöpfung gezeichnet, in einer Kurve einfach geradeaus, stürzte in einen Graben und brach mir dabei beide Arme. Ein Passant, der mich eine halbe Stunde später entdeckte oder vielmehr das aus dem Graben herausragende Vorderrad, wollte, so schien es mir, mein Fahrrad entwenden, was ihm jedoch nicht gelang, da ich mit meinen

Schuhen noch in den Pedalhalterungen steckte. Wenig später wurde ich bewusstlos.

An das Weitere kann ich mich nur noch lückenhaft erinnern. Als ich einmal kurz erwachte, saß ich im dreirädrigen Gefährt eines Gemüsehändlers. Im Rückspiegel sah ich für Augenblicke mein zerstörtes Gesicht und dahinter eine Ladung Karotten, auf der ein Dokument des Scheiterns lag, nämlich mein Fahrrad, festgezurrt und unter dem unruhigen Lauf des Zweitaktmotors ständig hin und her rüttelnd. In der engen Kabine dieses Fahrzeugs muss es auch gewesen sein, dass ich des Öfteren deinen Vornamen Veronika gerufen habe. Anders kann ich mir nicht erklären, dass der Gemüsehändler meine Reiseroute verlassen und den Weg nach Verona eingeschlagen hat, wo ich mich nun schon seit Tagen im örtlichen Spital befinde und auf ein halb verfallenes Mauerwerk blicke, das aussieht wie ein baufälliges Fußballstadion, so dass ich mich frage, weshalb man diese Ruine, die sich übrigens mitten in der Stadt befindet, nicht schon längst abgetragen hat. Aber das nur am Rande.

In vier Tagen, liebe Mutter, soll ich aus dem Krankenhaus entlassen werden. Dann, so hat mir der zuständige Arzt heute mitgeteilt, werde ich meine Dehydrierung überwunden haben und bald wieder meine Filets samt Steinpilzen und Maisnockerln genießen dürfen, von denen ich in wirren Träumen immer geschwärmt haben soll.

Bis dorthin grüßt dich dein noch erschöpfter Sohn
Josef

Die Autoren

Marion Boginski

Marion Boginski wurde 1959 in Neustrelitz geboren. Heute lebt die studierte Ökonomin mit ihrer Familie in Eberswalde. Neben dem Lesen ziehen sich zwei Leidenschaften durch ihr Leben: das Schreiben und das Malen. Für beides erhielt sie diverse Preise: Mit ihren Kurzgeschichten war sie 2005 in der Endrunde zum Walter-Serner-Preis, 2006 in der Anthologie zum Literaturwettbewerb der Zeitschrift »Maxi« sowie Gewinnerin der Preisfrage der Jungen Akademie Berlin. In ihrer Geschichte »Das Auto zuerst«, mit der sie bei diesem Wettbewerb den ersten Preis belegte, beschreibt eine Tochter die alles dominierende Autoleidenschaft ihres Vaters und wie dieses Auto zu einem vielschichtigen Symbol für die Konflikte der Familie wird. Aktuell gibt es keine Feindschaft in ihrem Leben, aber wie wohl ein jeder hat Marion Boginski ihre Erfahrungen mit Feindschaft gemacht.

Jürgen-Thomas Ernst

Jürgen-Thomas Ernst, Jahrgang 1966, wohnt heute unweit seines Geburtsortes in Bregenz (Österreich). Der ausgebildete Förster, der mittlerweile als Schriftsteller tätig ist, erhielt mehrere Stipendien, Theaterstücke aus seiner Feder wurden am Vorarlberger Landestheater uraufgeführt. Neben Essen, Theater und Literatur zählt er das Radfahren zu seinen Lieblingsbeschäftigungen – und weiß deshalb aus eigener Erfahrung um die strapaziöse Route von Feldkirch nach Genua. Anders als der tragische Held seines Beitrags »Eine italienische Reise« transportierte er allerdings keine Mastochsenfilets durch feindlich-fremdes Gelände. Da das Pflegen einer Feindschaft Energie erfordert – die der Gegner zumeist gar nicht verdient –, verzichtet Jürgen-Thomas Ernst darauf, sich mit Feinden abzugeben.

Ania Faas

Ania Faas, geboren 1964 in Heidelberg, lebt als freie Journalistin in Hamburg. Sie schreibt Reportagen, unter anderem für die *Neue Zürcher Zeitung*, und beschäftigt sich vorzugsweise mit Fremden und Grenzen. Häufig bleiben nach Rechercherreisen Szenen in ihren Notizbüchern zurück, die in der Zeitung keinen Platz finden. So auch nach einem Aufenthalt in Nordirland: Aus den Straßen, in denen Feindschaften zum Alltag gehören, brachte sie die Idee für ihre Geschichte »Belfast« mit, die die Jury mit dem zweiten Preis bedachte. Darin verknüpft sie die historisch-politische Dimension des Nordirland-Konflikts mit den Erlebnissen eines verliebten Jugendlichen, der sich plötzlich mit einem Nebenbuhler konfrontiert sieht. Ania Faas hat drei Kinder und somit keine Zeit für Feinde.

Thomas Friedt

Thomas Friedt, wurde 1963 in Männedorf (Schweiz) geboren und lebt heute in Zürich. Seit 1989 widmet sich der gelernte Lithograf professionell seiner Leidenschaft, der Musik. Seitdem ist er als Musiker, Musiklehrer und Komponist tätig, außerdem als Texter, Autor und Korrektor. Neben seinem Interesse für gute Filme, Philosophie, Schach und gutes Essen schreibt er seit 1996 regelmäßig Belletristik. Rund fünfzig seiner Kurzgeschichten wurden in Illustrierten und Anthologien veröffentlicht, ein Buch publizierte er im Selbstverlag. Vom Schreiben handelt auch sein Beitrag »Romeos Roman«: Eine eifersüchtige Geliebte will mit allen Mitteln verhindern, dass ein unveröffentlichtes Manuskript ihre Beziehung bedroht. Thomas Friedts eigene Feinde werden mit zunehmendem Alter weniger, was seiner Meinung nach wohl damit zusammenhängt, dass er immer mehr über die Menschen lernt, erfährt und weiß.

Kathrin Hamel

Kathrin Hamel, 1971 in Berlin geboren, verbrachte ihre Schul- und Studienzeit in Magdeburg, wo die Diplomwirtschaftsingenieurin auch heute noch mit ihrem Mann und einem kleinen Sohn lebt. Sie ist seit einigen Jahren in der Pressestelle einer öffentlichen Bank tätig. Dem Schreiben geht sie – so Vollzeitjob und Familie es ihr erlauben – mit einiger Regelmäßigkeit seit 2003 nach. Im selben Jahr errang sie mit einer Kurzgeschichte den zweiten Platz beim Dillinger Literaturpreis. In ihrem Beitrag »Das zweite Mal« schildert sie die Empfindungen einer Ärztin, die in einer hilflosen Patientin jene Frau wiedererkennt, die ihrem Mann und ihr einst eine tiefe Demütigung zufügte. Für sich selbst hat Kathrin Hamel beschlossen, weder Energie noch Lebenszeit auf das Thema »Feindschaft« zu verschwenden.

Norbert Herrmann

Norbert Herrmann, Jahrgang 1970, wurde bei Aschaffenburg geboren und wohnt seit 1997 am Berliner Ostkreuz. Das künstlerische Schaffen des ausgebildeten Ökonomen, Forschers und e-Beraters ist eng mit Berlin verknüpft. In seinen Erzählungen, Hörstücken und vor allem seinen Podcasts auf *www.brennpunkt-ostkreuz.de* gibt er seinen täglichen Beobachtungen Raum. Kurzgeschichten von Norbert Herrmann finden sich in Anthologien, seine selbst produzierten Hörstücke wurden unter anderem in »Deutschlandradio Kultur«, auf der Leipziger Buchmesse und dem Hörspielsommer gespielt. Auch seine Erzählung »Die Niete«, in der er eine Punkfrau und einen Straßenmusikanten aufeinandertreffen lässt, ist inspiriert von einer Fahrt mit der S-Bahn zwischen Jannowitzbrücke und Ostkreuz in Berlin. Seine persönliche Haltung zum Thema Feinde bringt er auf den Punkt: »Feinde mag ich nicht«.

Bernhard Horwatitsch

Bernhard Horwatitsch wurde 1964 in München geboren, wo er auch heute noch lebt. So vielfältig seine beruflichen Tätigkeiten – vom Krankenpfleger bis zum Bestattungshelfer –, so konstant sind seine Leidenschaften. Neben der Musik beschäftigt er sich seit über zwanzig Jahren mit Literatur: als Herausgeber, Redakteur einer Literaturzeitschrift und Autor mehrerer Veröffentlichungen. In seiner Geschichte »Meine Frau ist beim Einkaufen« setzt er einen eifersüchtigen Ehemann mit seinem Nebenbuhler an einen Tisch. Diese Szene geht auf ein konkretes Erlebnis zurück: Bernhard Horwatitsch wurde Ohrenzeuge, wie in einer Nachbarwohnung Schüsse mit Todesfolge abgegeben wurden. Erzählerisch machte er sich die Geschehnisse begreifbar. Gegnerschaft und manchmal sogar Feindschaft sind hin und wieder Bestandteil seines Lebens – eine Plattform möchte er seinen Widersachern an dieser Stelle allerdings nicht liefern.

Dirk Köster

Dirk Köster, 1963 in Kiel geboren und von Beruf Finanzbuchhalter, lebt seit einigen Jahren in Celle. Erste Erfahrungen mit dem Schreiben sammelte er in der Schülerzeitung. Nach langer Pause trat er im Herbst 2006 in eine Schreibgruppe ein und verfasste erstmals Kurzgeschichten. »Niederlagenserie« ist bereits der dritte Text, mit dem er eine vordere Platzierung bei einem Wettbewerb erreichte. In seinem Beitrag schaukeln sich die Niederlagen von Eintracht Braunschweig und die Misserfolge eines fanatischen Anhängers gegenseitig hoch: Debakel auf dem Platz und im Privaten, Angsthasenfußball und persönlicher Rückzug, böse Fouls und Prügeleien vor dem Stadion weisen gefährliche Parallelen auf. Der Autor selbst bezeichnet sich als friedlichen und umgänglichen Menschen, der keine Feindschaften pflegt.

Elvis Koslowski

Elvis Koslowski ist ein Kind des Ruhrgebiets. Dort wurde er 1969 geboren, dort lebt und arbeitet er auch heute. Der gelernte Bankkaufmann schloss ein wirtschaftswissenschaftliches Studium ab, war als Angestellter im Bereich Stadtmarketing beschäftigt und ist heute selbstständiger Marketingberater. Erst seit Kurzem lassen ihm Beruf und Engagement als ehrenamtlicher Kirchenmusiker Zeit, sich dem Schreiben zuzuwenden. Das Verfassen von Texten ist für ihn ein reinigender Prozess, wovon auch seine Geschichte »Mein Tod heißt Paul« zeugt. Darin nimmt der Erzähler dem Tod den Schrecken, indem er ihn personifiziert und zu einem abwesenden Onkel erklärt. Ganz nebenbei hat Elvis Koslowski damit auch seine eigenen Onkel literarisch verewigt. Getarnt als »Wolf im Schafspelz«, spielte in seinem Leben ein Feind nur einmal eine Rolle – woraus Elvis Koslowski aber Lehren fürs Leben zog.

Edith Kramer

Edith Kramer wurde 1951 in Mainz geboren und lebt in Köln. Sie studierte Germanistik, Theaterwissenschaft und Amerikanistik, übte diverse Jobs aus – von der Putzfrau bis hin zur Synchronautorin – und ist nun halbtags als Physiotherapeutin tätig. Seit etwa elf Jahren schreibt sie, anfangs nur ab und an, in der Zwischenzeit regelmäßig. Für sie ist das Schreiben eine beglückende Weise, ihre Zeit zu verbringen. Auslöser für ihren Beitrag »Die Zustellerin« war eine Zeitungsnotiz, die von nicht zugestellter Post in einem Altpapiercontainer berichtete. Edith Kramer machte daraus die Geschichte einer Briefträgerin, die ihre Stelle nutzt, um nach ihren Maßstäben für Gerechtigkeit zu sorgen. Edith Kramer selbst glaubt, dass dauerhaft feindliche Gefühle nur dem Herzen schaden, und nimmt entschieden davon Abstand.

Anette Lang

Anette Lang wurde 1978 in Nürnberg geboren und lebt nach Abschluss eines medienwissenschaftlichen Studiums in Madrid. Dort leitet sie eine Buchhandlung, außerdem besucht sie den Masterstudiengang Literarische Übersetzung an der Universidad de Sevilla. Abgesehen von journalistischen Arbeiten für deutsche Tageszeitungen hat sie bislang nichts veröffentlicht. Ernsthaft zu schreiben begann Anette Lang vor drei Jahren, als sie zu der Autorengruppe »Wortwerk« stieß. In ihrem Beitrag »Auf Straßburg ist geschissen« skizziert sie drei Frauen, deren einziger emotionaler Berührungspunkt offenbar das Kolportieren von Männergeschichten ist. Gleichzeitig thematisiert sie das Spannungsfeld zwischen privatem Glück und öffentlicher Anerkennung. Auch wenn Anette Lang vielen Menschen kritisch gegenübersteht – zu ihrem persönlichen Feind hat es bislang noch keiner gebracht.

Anke Laufer

Anke Laufer, geboren 1965 in Villingen, absolvierte ein Ethnologie- und Politikstudium in Freiburg und schloss dieses 1998 nach Forschungsaufenthalten in Peru mit der Promotion ab. Dem folgten verschiedene Tätigkeiten im Verlagsbereich. Heute lebt sie mit ihrer Familie in einem Dorf bei Tübingen. Ihre Vorbilder fürs Schreiben findet sie in der angelsächsischen und lateinamerikanischen Erzähltradition. Dabei empfindet sie fremdartige, von der eigenen Biografie weit entfernte Figuren als besonders reizvoll, wie ihre Geschichte »Rhabarber« zeigt. Darin erinnert sich ein in psychiatrischer Behandlung befindlicher Erzähler an die Geschehnisse eines Sommers und die Ermordung seiner jüngeren Schwester. Wenn Anke Laufer, deren Erzählungen bereits in mehreren Anthologien veröffentlicht wurden, einer menschlichen Eigenschaft feindlich gegenübersteht, so ist es der Mangel an Fantasie und Empathie.

Wiete Lenk

Wiete Lenk wurde 1956 in Dresden geboren, wo sie auch heute noch lebt. Die studierte Betriebswirtin entdeckte schon während der Schulzeit ihre Liebe zum Schreiben. Sie sieht sich selbst als aufmerksame Beobachterin, die ihre Betrachtungen später in ihre Erzählungen einfließen lässt. Veröffentlichungen in kleinen Verlagen und Zeitschriften sind die Resultate dieser Leidenschaft. Mit »Dreiecke und Kreise« zählt Wiete Lenk bereits zum zweiten Mal zu den Preisträgern des Buchjournal-Wettbewerbs. Auch in dieser Geschichte, in der sie von der Kreismanie eines Lehrers und einem rebellierenden Schüler erzählt, steckt ein selbst erlebter Kern. Feinde besitzt sie nicht, da sie versucht, beide Seiten und nicht ausschließlich die schlechte Seite eines Menschen zu sehen.

Kerstin Leppert

Kerstin Leppert wurde 1967 in Hamburg geboren und lebt dort mit ihrem zweiten Mann und ihren beiden Kindern. Einem betriebswirtschaftlichen Studium folgte eine Tätigkeit im PR-Bereich. Heute ist Kerstin Leppert als Yogalehrerin, freie Autorin und Redakteurin tätig. Schreiben gehört schon immer zu ihrem Leben. Schon als sie fünfzehn Jahre alt war, wurde ein Kurzkrimi von ihr im Hamburger Abendblatt abgedruckt. Weitere Veröffentlichungen folgten, unter anderem drei Lyrikbände und zwei Yogabücher. »Wider Willen« heißt ihr Beitrag, in dem zwei Brüder um eine Frau konkurrieren – über den Tod hinaus. Freundschaft und Feindschaft sind für sie wie Liebe und Hass zwei Seiten einer Medaille: Sie selbst empfindet Feindschaft, wenn sie an eine Freundin denkt, die sich sang- und klanglos aus ihrem Leben verabschiedet hat.

Harry Liedtke

Harry Liedtke wurde 1969 in Bielefeld geboren, lebt aber schon lange in Gladbeck. Dort ist er je nach Laune und Finanzlage in seinen erlernten Berufen Industriekaufmann und Drucker tätig oder engagiert sich als Setzer und Redaktionsgehilfe für Liebhaber-Projekte wie Fanzines oder Zeitschriften. Den Ausschlag, mehr als nur Artikel und Filmkritiken zu verfassen, gaben für ihn Sven Regeners Buch »Herr Lehmann« und die Erkenntnis, dass es einen Markt für versponnene, selbstironische und ungehemmte Fabulierereien gibt. Ein Stil, der auch seinen Beitrag »Gräbertanz« kennzeichnet, in dem ein wilder Tanz auf dem Grab eines ehemaligen Widersachers aufgeführt wird. Eine Geschichte, in der sich Harry Liedtkes Verständnis von Feindschaft widerspiegelt: Entweder man hasst jemanden, oder man hasst ihn nicht, und wenn man ihn hasst, dann gilt das über den Tod hinaus.

Günter Nuth

Günter Nuth wurde 1952 in Düsseldorf geboren, lebt in Meerbusch und arbeitet heute als Einsatzleiter einer Berufsfeuerwehr und Fachberater für Psychotraumatologie. Zu seinen vielseitigen Interessen zählt er seit fünfzehn Jahren das Schreiben. In Seminaren verfeinerte er seinen Stil – viele Lesungen und Veröffentlichungen, darunter zwei Bücher, sind Ergebnisse seines literarischen Schaffens. Für ihn ist es Erfüllung, mit seinen Texten die Gedanken anderer Menschen in Schwingung zu versetzen. Unschwer zu erkennen ist, dass seine Geschichte »Misanthrop« mit seinem Beruf in Verbindung steht. Darin beschreibt er Momente, in denen ein Feuerwehrmann sich während seiner Einsätze mit der Realität unserer Endlichkeit konfrontiert sieht. Als persönliche Feinde nennt Günter Nuth den Blackout beim Schreiben, Buttermilch und Lügen.

Daniel Schmidt

Daniel Schmidt, 1972 in Leipzig geboren, lebt heute in Münster und arbeitet als Softwareentwickler. Vor knapp drei Jahren hat er das Schreiben für sich entdeckt. Fasziniert wurde er vor allem durch die Möglichkeit, Menschen Dinge erleben lassen zu können, die im wahren Leben wohl nur selten passieren. Zu seiner Geschichte »Herr der Schnecken«, mit der er den dritten Platz im Wettbewerb belegte, inspirierte ihn sein Hobby, die Kleingärtnerei. Sein Protagonist muss sich gleich an zwei Fronten seiner Feinde erwehren: Nicht nur Schnecken fallen scharenweise über seinen Garten her, auch sein Nachbar scheint Übles im Schilde zu führen. Wenn man betrachtet, wie eingängig Daniel Schmidt die Seelenleiden des Kleingärtners schildert, verwundert es nicht, dass der nach eigenem Bekunden zwar äußerst friedliebende Autor den Schnecken dennoch die Feindschaft erklärt hat.

Gabriele Scholtz

Gabriele Scholtz wurde 1955 in Mainz geboren. Heute lebt sie als Lehrerin mit ihrem Mann und zwei Kindern in Hofheim am Taunus. Zum Schreiben kam sie erst, als ihr mit fünfzig Jahren der Zeitpunkt passend erschien, sich neben ihren Hobbys Wandern, Kino und Theater etwas Neuem zuzuwenden. Mit Erfolg: Mit »Rendezvous mit Papa«, ihrem ersten für die Öffentlichkeit bestimmten Text, konnte sie die Jury überzeugen. Ein eigenes Erlebnis war Grundlage für die Geschichte um ein kleines Mädchen, das erkennen muss, dass ihr Vater den lang ersehnten gemeinsamen Schwimmbadbesuch nur als Vorwand zu einem geheimen Rendezvous nutzt. Als ihren persönlichen Feind hat Gabriele Scholtz ihren inneren Richter ausgemacht, der spontanen Einfällen und verrückten Wünschen nur allzu oft ein strenges »Aber« entgegenhält.

Torsten Schunk

Torsten Schunk wurde 1967 in Wernigerode geboren, wo er noch heute mit seiner Frau und seinem Sohn lebt. Nach einem Abschluss in Erziehungswissenschaften betreut er heute als Sozialarbeiter straffällige Jugendliche. Als Kind schrieb er Kurzkrimis für seinen Vater. Seitdem folgten diverse Veröffentlichungen in Anthologien und Literaturzeitschriften. In einem Buch über Meditationen las er von dem Haufen Steine, der je nach Blickwinkel auch eine Kathedrale darstellen kann. Dieses Bild nutzte er als Bezugspunkt für seine Geschichte »Ein Haufen Steine«, die die Feindseligkeit zwischen einem Sohn und seinem sterbenden Vater schildert. Eine ausgeprägte Feindschaft hat Torsten Schunk zum Geld entwickelt – auch wenn ihm dieser Feind zumeist unsichtbar bleibt.

Jörg Ultsch

Jörg Ultsch, geboren 1967 in Nürnberg, lebt mit seiner Verlobten in Bad Soden am Taunus. Er ist Rechtsanwalt und arbeitet für eine Großbank in Frankfurt am Main. In seiner Freizeit engagiert er sich insbesondere als Vorstandsmitglied an der gemeinnützigen »Academie Kloster Eberbach – Werte in Wirtschaft und Gesellschaft«. Während der juristischen Ausbildung in einer Film- und Medienkanzlei in Los Angeles weckten die Gespräche mit Drehbuchautoren seine schriftstellerische Leidenschaft. Seit 2004 schreibt er Kriminalgeschichten. Zu seiner Kurzgeschichte »Im Vertrauen«, in der ein Psychiater einen Kollegen auf perfide Weise lebendig begraben lässt, inspirierte ihn die Erzählung »Vorzeitiges Begräbnis« von Edgar Allan Poe. »Kein schlimmerer Feind als ein früherer Freund«, so ein jüdisches Sprichwort – und auch die Erkenntnis von Jörg Ultsch in Sachen Feindschaft.

Der Wettbewerb

Zu seinem 20-jährigen Jubiläum im Frühjahr 2005 schrieb das Buchjournal gemeinsam mit Books on Demand einen Kurzgeschichtenwettbewerb zum Thema »Glück« aus – und mit 900 Einsendungen übertraf die Resonanz alle Erwartungen. Seitdem findet der Wettbewerb jährlich statt, und die Zahl der teilnehmenden Autoren steigt kontinuierlich. 2006 lautete das Thema »Heimat«, 2007 waren es »Feinde«, zu denen das Buchjournal seine Leser zum Schreiben aufforderte. Die Veranstalter wollen mit dem Wettbewerb eine Plattform schaffen, die unentdeckten Talenten die Möglichkeit bietet, vom Literaturbetrieb wahrgenommen zu werden und ihre Texte einem großen Publikum vorzustellen.

Jährlich erscheint bei Books on Demand eine Anthologie mit den zwanzig besten Beiträgen. Diese wird auf der Frankfurter Buchmesse im Rahmen einer Feierstunde präsentiert. Die Siegergeschichte wird vollständig in der Herbstausgabe des Buchjournals abgedruckt. Außerdem erhält der Gewinner einen Bücherscheck in Höhe von 250 Euro und eine Buchveröffentlichung bei BoD im Wert von 500 Euro Buchgutscheine gehen aber auch an die Zweit- und Drittplatzierten sowie an die siebzehn weiteren Autoren der Anthologie.

Das **Buchjournal** ist das Kundenmagazin für den deutschsprachigen Buchhandel und wird vom Börsenverein des Deutschen Buchhandels herausgegeben. Es erscheint vier Mal jährlich in einer Auflage von jeweils 430 000 Exemplaren in Deutschland, Österreich und der Schweiz und ist in mehr als 2500 Buchhandlungen kostenlos erhältlich. *www.buchjournal.de*

Books on Demand (BoD) ist ein Publikationsdienstleister für Autoren und Verlage und Marktführer im deutschsprachigen Raum. Rund 5000 Autoren und 300 Verlage nutzen BoD, um ihre Bücher eigenständig, kostengünstig und schnell zu publizieren. Alle BoD-Titel mit der

133

Option Buchhandelsanschluss sind im gesamten deutschsprachigen Buchhandel und mehr als 1000 Internet-Buchshops erhältlich. *www.bod.de*

Die Jury

Cordelia Borchardt promovierte nach einem Anglistik- und Germanistikstudium in München und London in Englischer Literaturwissenschaft, arbeitete als wissenschaftliche Assistentin an der Universität München und ist seit 1993 im Verlagsbereich tätig. Seit 1998 bei den Fischer Verlagen in Frankfurt am Main, ist sie nun als Lektorin im Krüger und im Scherz Verlag für die Belletristik zuständig.

Tobias Gohlis studierte Germanistik und Politologie in Berlin, übte sich als Forsthistoriker, Lyriker und Musikalienhändler. Freier Journalist, Literaturkritiker (u.a. Die Zeit, Die Welt, Buchjournal) mit den Schwerpunkten Reiseliteratur und Kriminalroman. Seit 2005 Sprecher der KrimiWelt-Bestenliste.

Irene Nießen studierte Germanistik, Politische Wissenschaften und Zeitungswissenschaft in Aachen und München. Nach Tätigkeiten als Pressereferentin, Lektorin, Übersetzerin, Herausgeberin und Redakteurin gründete sie 1997 in Frankfurt am Main das Medienbüro Irene Nießen. Von dort aus verantwortet sie unter anderem das Buchjournal.

Ute Nöth ist heute, nach einer Ausbildung zur Buchhändlerin und dem Studium der Verlagswirtschaft an der HTWK Leipzig, als Pressesprecherin bei BoD in Norderstedt bei Hamburg tätig.

Eva Wlodarek studierte Germanistik und Philosophie, danach Psychologie. Sie ist Autorin von Ratgeberbüchern, gefragte Expertin in Medien und Wirtschaft und führt eine eigene Praxis.